Am Siebten Tage ruhte der Herr

M.M.

Aus dem Leben eines österreichischen Polizisten

Umschlaggestaltung: www.buchschmiede.at

Sämtliche Personen und Namen wurden von mir verändert bzw. frei erfunden. Ähnlichkeiten oder Namen mit lebenden oder toten Personen sind rein zufällig und nicht beabsichtigt. Ausnahmen sind Personen, mit denen die Namensnennung abgesprochen wurde.

Druck und Vertrieb im Auftrag des Autors: Buchschmiede von Dataform Media GmbH, Wien
www.buchschmiede.at - Folge deinem Buchgefühl!

Besuche uns online

ISBN:
978-3-99165-602-9 (Paperback)
978-3-99165-600-5 (Hardcover)

978-3-99165-601-2 (E-Book)

PRINTED IN AUSTRIA

Danke an meine liebe Frau Simona, an Gernot einen echten Freund und Heinz Janisch fürs Mut machen.

Kurzinhalt:

Am falschen Tag, zur falschen Zeit und am falschen Ort dachte sich Inspektor Römer, als er während seines Banküberwachungsdienstes in einen Raubüberfall geriet. Nach einem Schusswechsel konnte der zweite Täter flüchten und Römer dachte, dass sich die Raubgruppe des LKA weiter um den Fall kümmern werde.
Doch der geflohene Täter hatte noch eine Rechnung mit Römer offen und so begann ein Katz -und Maus Spiel wo bis zum Schluss niemand wusste, wer die Katze und wer die Maus sein würde.
Der erste Himberg-Krimi anhand von tatsächlichen Geschehnissen und fiktiven Abhandlungen.

INHALTSVERZEICHNIS:

PROLOG

Die Erde war wüst und wirr – Finsternis lag über der Urflut

Er saß lautatmend in dem blauen PKW, den er in einer Seitenstraße in Schwechat abgestellt hatte. Irre Gedanken kreisten in seinem Kopf. Was war plötzlich geschehen? Wo kam dieser Polizist plötzlich her, als sie in Zwölfaxing, einem kleinen Nachbarort von Schwechat, in die Bank stürmten. Zahlreiche Überfälle hatten sie schon vorher verübt. Vier oder waren es doch fünf Postämter, die sie im Laufe ihrer Zusammenarbeit bereits überfallen hatten. Immer nach dem gleichen Schema. Und dann plötzlich tauchte dieser Polizist in der Bank auf. Sie hatten doch alles genau ausgekundschaftet, wie auch schon zuvor die Postämter. Hatten mehrmals Geld dort gewechselt und sich alles eingeprägt: den Schalterraum, den kleinen Vorraum, den Hinterausgang in den ländlichen Hof des alten Bauernhauses, in dem die Bankfiliale untergebracht war. Und doch mussten sie etwas übersehen haben, denn da stand plötzlich ein Polizist vor ihnen.

Der Polizist schrie sie an und Er war schon versucht sich zu ergeben, als Ferdl plötzlich seine Waffe hob und in Richtung des Polizisten schwenkte. Er wollte noch schreien; dass es ausgemacht war, dass niemandem etwas passieren sollte; sie wollten doch nur das Geld; aber da war es schon zu spät. Ferdl schnellte in die Combat-Haltung, welches er jahrelang in seiner Ausbildung geübt hatte und in diesem Moment brach die Hölle in der Bank los. Überall Schüsse; so kam es ihm vor; die Bankangestellte schrie, als er sie als Schutzschild verwendete – er wollte nur mehr raus aus dieser Falle. Er zog die Bankangestellte mit sich auf den quer zur Hauptstraße verlaufenden Gehsteig. Dort hatten sie vor nicht einmal einer Minute ihren PKW abgestellt – da war noch alles in Ordnung gewesen. Er drehte die Bankangestellt zu sich, die wie eine leblose Puppe in seinen Armen hing und noch immer schrie. „Halt endlich die Goschn", raunte er ihr zu, „dir passiert doch eh nix." Sie starrte ihn mit ungläubigen Augen an. Er packte sie fest und stieß sie dann so stark von sich, dass sie gegen eine Hauswand stürzte.

Danach rannte er um die vor der Bank geparkten Autos herum; setzte sich in den Fluchtwagen und gab Gas. Einmal dachte er noch an seinen Komplizen; aber er hatte Blut gesehen und wusste, dass dieser angeschossen sein dürfte; er kam ja auch nicht nach draußen.

Während der Fahrt riss er sich die Perücke vom Kopf, schleuderte sie auf den Beifahrersitz und beschleunigte den PKW gerade noch so stark, dass er nicht unmittelbar auffallen dürfte. Nur weg von hier, dachte er noch bei sich, als ihm die ersten Einsatzwägen der Polizei entgegenkamen, die in Richtung Tatort fuhren.

Und jetzt saß er da in einer Seitenstraße von Schwechat und alle Gedanken drehten sich nur um eines: Ich darf nicht gefasst werden! Glücklicherweise regnete es stark, sodass nahezu keine Menschen auf der Straße unterwegs waren. Ferdl hatte noch gesagt, das sei das ideale Wetter für den Überfall, er werde sehen, niemand werde auch nur ein Auge riskieren, während sie die Bank überfallen würden. Der Ferdl hat gesagt.... Wird der Ferdl ihn verraten? Könnte der Ferdl überhaupt noch reden – überall Blut – an der Wand; an der Glastür ... Was, wenn der Ferdl gefasst wird? Ob der dann den Mund halten wird? Sicher, sie haben es sich ausgemacht, dass niemand den anderen verraten würde, aber sie kannten beide den Weg eines Verhöres.

Irgendwann hatten sie auch jeden Kleinkriminellen aushorchen können. Was, wenn der Ferdl die Schießerei nicht überlebt hat? Verdammt, wir wollten doch nur das Geld. Niemandem wäre etwas passiert – ein paar Watschen vielleicht, wenn die Bankangestellte nicht gleich so reagiert hätte, wie sie wollten, aber mein Gott – ein paar Watschen haben doch noch niemandem geschadet.

Wo kam der verdammte Polizist her? Langsam spürte er die Wut in sich hochsteigen. Wenn der Ferdl angeschossen wurde, dann werde ich dich auch anschießen, dachte er in Richtung des Polizisten. Ich bekomme raus, wer du bist, und dann kannst dich auf etwas gefasst machen. Ich krieg dich! Aber zuvor musste er irgendwie von hier wegkommen. Sein eigener PKW stand noch in der Nähe von Ferdls Privatwohnung in Schwechat.

So gut es ging zog er sich den Parka aus, den er über seiner eigentlichen Kleidung trug. Zog die Schuhe, die ihm um zwei Nummern zu groß waren, wie geplant neben dem Gaspedal ab, damit die Spurensicherung nicht gleich auf seine aktuelle Schuhgröße schließen konnte. Sorgfältig untersuchte er die Innenseite der Perücke, ob sich eines seiner Haare eventuell im Haarnetz verfangen hatte und legte sie dann zurück auf den Beifahrersitz. `Danach sprühte er die Schuhe, den Parka und die Perücke mit Desinfektionsspray aus, welche sie zuvor im PKW vorsorglich verwahrt hatten, um auch eventuelle DNA-Spuren zu beseitigen. Er schaute aus dem Autofenster durch den dicht fallenden Regen und als er niemanden in der näheren Umgebung des PKWs wahrnehmen konnte, stieg er aus; öffnete die rückwärtige Türe und nahm die dort abgestellte Handtasche aus dem Wagen. Sorgfältig wischte er die Türgriffe nochmals mit einem frischen Taschentuch ab und hielt dabei den Atem an, damit seine DNA nicht unabsichtlich doch noch am Auto landete. Danach öffnete er die Handtasche und zog ein Funkgerät heraus; stellte es auf die Frequenz der Polizei Schwechat ein und hörte mit, um sich dann auf den Weg zu machen – nur raus und nur weg von hier und dann einfach nur nachdenken….

***

TAG 1

Gott sprach – es werde Licht und es ward Licht und er schied das Licht von der Finsternis und nannte das Licht Tag und die Finsternis Nacht

Sechs Stunden vorher

Ein sonniger Augustmorgen in Wien-Simmering. Wie immer läutete der Wecker viel zu früh und wie an jedem Morgen drehte sich Robert Römer in seinem Bett noch einmal um, damit er den Kreislauf langsam anregen konnte. Er war nun schon seit vierzehn Jahren Polizist und hatte erst einen schweren Dienstunfall hinter sich, bei dem er so schwer verletzt worden war, dass er insgesamt fast drei Jahre lang mit einigen wenigen Unterbrechungen im Krankenstand verbracht hatte. Endlich konnte er wieder halbwegs normal Dienst auf seiner Dienststelle, dem Polizeiposten Himberg verrichten. Obwohl er von den Ärzten wieder dienstfähig geschrieben worden war, kämpfte er immer noch mit den Langzeitfolgen seiner Verletzungen.

Unerbittlich begann sein Radiowecker wieder zu spielen und der Ö3 Wecker wünschte einen Guten Morgen. Robert drehte sich um, schaute auf die Uhr und befand, dass es nun

Zeit war aufzustehen. Er wusste, dass er heute zum Banküberwachungsdienst eingeteilt war; eigentlich ein langweiliger Dienst - denn welcher halbwegs normale Bankräuber würde sich eine überwachte Bank für seinen Überfall aussuchen.

Aber immerhin konnte man in der Bank gut seine Akten fertigstellen und einige Vorarbeiten erledigen, die sonst nur zu viel Zeit auf der Dienststelle kosten würden.

Da der Bankdienst in Zivilkleidung zu versehen war und er der Kriminaldienstgruppe angehörte, entschloss er sich ausnahmsweise einmal ein Hemd und eine Krawatte anzuziehen. Ansonsten war er eher der legere Typ und zog T-Shirt und Sweater jedem Anzug vor; was ihm auch schon einige Schwierigkeiten bei seinen Vorgesetzten eingebracht hatte. Vor allem sein Postenkommandant war der Ansicht, dass er sich als Polizist viel zu leger kleidete. Der war aber grade auf Urlaub, deshalb nahm Robert sich vor, ein Foto von sich selbst in Hemd und Krawatte zu machen und es dem Chef auf den Tisch zu legen.

Römer bewohnte eine Gemeindewohnung im 11. Wiener Gemeindebezirk, in unmittelbarer Nähe der Stadtgrenze zu Schwechat. In dieser Wohnung war er bereits als Kind mit seinen Eltern eingezogen und hatte dann die Wohnung von ihnen übernommen. Nicht immer war er mit der Wohngegend einverstanden, denn Simmering war schon immer eher ein Arbeiterbezirk gewesen und so kam es, dass fünfzig Prozent der Freunde, mit denen er aufgewachsen war, irgendwann einmal mit dem Gesetz in Konflikt kamen. Die anderen fünfzig Prozent waren so wie er bei der Exekutive gelandet. Rund um sein Haus war jedoch quasi eine anonyme Schutzzone errichtet worden mit dem Motto: er „sah nichts“, wenn irgendwas angestellt wurde, solang keine Menschen verletzt oder zu Schaden kamen, und im Gegenzug ließen ihn die schweren Jungs in Ruhe und akzeptierten seine Arbeit bei der Polizei.

Wie jeden Morgen kam er knapp vor Dienstbeginn auf seine Dienststelle und verzog den Mund zu einem amüsierten Grinsen, als er die provokanten Blicke seines Kollegen Wilhelm bemerkte, der noch dazu demonstrativ auf seine Uhr schaute. Sie waren beide fast gleichzeitig auf die Dienststelle gekommen, doch Wilhelm um drei Monate früher, sodass er immer den Vorgesetzten herauskehrte. Römer war einfach zu gut gelaunt, um die ewigen Spielchen zwischen ihnen wieder mitzumachen und ging einfach vorbei in seinen Kanzleiraum. Glücklicherweise war der Raum weit genug von Wilhelms Zimmer entfernt, sodass sie sich wenigstens bei der Schreibarbeit aus dem Weg gehen konnten.

„Guten Morgen“, hörte er die sonore Stimme seines unmittelbaren Vorgesetzten Reiner Rilke in seinem Rücken. „Hast du es auch wieder geschafft uns zu beehren?“

„Was willst du denn? Es war zwei vor acht, also pünktlich genug, und die Bank macht eh erst um neun Uhr auf. Oder hat sich der Willi schon wieder beschwert?“

Römer und Rilke waren seit Jahren befreundet und obwohl Rilke drei Monate nach ihm auf die Dienststelle gekommen war, hatte dieser den Chargenkurs absolviert und wurde Stellvertretender Dienststellenleiter und somit sein Vorgesetzter; was ihrer Freundschaft aber keinen Abbruch tat.

„Du kennst ihn doch eh – aber was anderes: Willst du Bankdienst machen oder soll der Willi fahren – er hat gemeint, dass er noch einiges zu erledigen hätte und er mal ein bisschen Pause brauchen würde.“

Römer schaute sich seinen wie immer überfüllten Schreibtisch an: „Wenn’s nichts ausmacht, mache ich ihn schon; ich muss noch die ganzen Beweismittel von der letzten Geschichte nummerieren und da kommt mir der Bankdienst ganz recht – da hat man wenigstens Ruhe und kann sich auf seine Arbeit konzentrieren."

Rilke nickte, machte eine Handbewegung, die sein Einverständnis ausdrücken sollte und ging wieder in Richtung seiner Kanzlei: „Dann werde ich das dem Willi mal so mitteilen; und ihr sollt die Bank überwachen und nicht nur an eure andere Arbeit denken!" Römer grinste vor sich hin: „Sag mir mal, welcher Idiot diese kleine Bank überfallen soll – da ist ja nichts Gescheites dort zu holen", rief er seinem Vorgesetzten nach.

Danach packte er seine Akten in den Aktenkoffer; nahm seine private 357er Ruger aus dem Schreibtisch und legte diese Waffe in den Aktenkoffer, bevor er diesen schloss.

„Danke schön fürs Entgegenkommen; wenn du das nächste Mal was brauchst, werde ich auch taube Ohren haben …", hörte er seinen Kollegen Willi sagen.

„Willi bitte; lass mich einfach in Ruhe; ich bin heut gut drauf und mag mich nicht wieder mit deinen Sticheleien herumärgern; außerdem bist du der letzte, den ich frage, wenn ich was brauchen sollte – nur weilst in der

Vorkammer des Chefs sitzt, bist noch lange nicht der Chef, also schlucks runter und vergiss es einfach!“ Er nahm den Aktenkoffer, holte seine Dienstwaffe aus dem Waffenschrank der Dienststelle, lud sie durch und steckte sie in das Seitenholster; was eigentlich nicht erlaubt war, aber wen scherte das schon.
„Wofür gibt’s die dienstlich zugewiesenen Schulterhalfter, wenn du es nicht nimmst? Du gehörst zum Kriminaldienst und da hast auch du die Vorschriften einzuhalten!“
„Da du es das letzte Mal verwendet hast, ist es viel zu groß für mich eingestellt und wenn ich mir das jetzt richten sollte, komme ich zu spät zum Bankdienst – also überlass ich es dir, Willi“, meinte er noch süffisant und zu Rilke gewandt: „Ich bin dann mal unterwegs – es braucht mich niemand abholen, ich fahr mit dem privaten PKW nach Zwölfaxing; falls ihr eine Pizza brauchts, rufts mich halt in der Bank an und ich nehme sie euch mit.“
Als er die Dienststelle verließ, ging er im Geist schon die Akten durch, die er alle heute erledigen wollte, bestieg seinen PKW, um zu der knapp vier Kilometer von der Dienststelle entfernten Bank zu fahren. Glücklicherweise habe ich heute Bankdienst, dachte er bei sich, als er bemerkte, dass aus dem sonnigen

Morgen plötzlich Gewitterwolken auftauchten und ein Regenguss herunterkam.
Vor der Bank stellte er seinen PKW ab, betrat die Bankfiliale, grüßte die anwesende Kassiererin, die ihn wie immer offen ignorierte und ging in den kleinen Nebenraum der Bank, wo nur ein Tisch und ein Sessel stand. Mehr brauchte es auch nicht für diesen Dienst und außerdem hatte er sich ja viel vorgenommen für diesen Vormittag.

***

<u>Schwechat - zur selben Zeit</u>

„Hast du alles beisammen?", fragte „Ferdl" oder Alfred Trester, wie er eigentlich hieß, bereits zum fünften Mal seinen langjährigen Freund und Kollegen. „Langsam gehst du mir mit der ewigen Fragerei auf die Nerven – es ist ja nicht der erste Überfall, den wir machen", erwiderte der Angesprochene. „Was mich nur nervös macht ist, dass es diesmal eine Bank sein soll – Postämter sind doch viel einfacher und weniger überwacht als Banken!"
„Ich habe es dir schon hundert Mal erklärt, die Bank steigt mir auf den Kopf und ich weiß

nimmer, wie ich die Kreditraten zahlen soll und mit dem Nebbichen Gehalt komme ich einfach nimmer durch. Drei Kinder, eine Frau, ein Neubau, der einmal fertig werden soll, ich brauch einfach die Kohle, und außerdem habe ich die Bank mehrmals ausgekundschaftet. Die ist klein, hat aber immer viel Bargeld wegen der Bauern vorrätig und besteht nur aus einem Kassenraum und einem Klo, also läufts so ab wie bei der Post. Du hinein auf die Kassiererin, packst sie und sperrst sie auf dem WC ein, ich sicher dich und dann räumen wir das Bargeld aus der Kassa, und zurück in den PKW, dauert keine drei Minuten", beruhigte „Ferdl" seinen Freund.

„Wenn du meinst … aber nur rein und raus, keine Schießereien oder irgendwas, wir wollen nur das Geld", betonte er noch einmal. Ferdl verdrehte die Augen: „Natürlich keine Schießerei, gleich gegenüber der Bank ist eine Pizzeria, wenn es da in der Bank kracht, haben wir ja gleich die ganze „Kieberermeute" auf uns drauf!" Sie nahmen ihre Ausrüstung und gingen zum PKW von Ferdl, um zum eigentlichen Überfallsauto zu fahren, den sie am Vorabend in einem Wiener Außenbezirk gestohlen und in Schwechat zur Abholung bereitgestellt hatten. Schweigsam saßen sie dann im Auto und hingen ihren Gedanken nach, wie jedes Mal vor einem Überfall. Nur beim ersten war es noch anders gewesen. Da waren sie nervös, wussten nicht, wie sie die Nervosität besiegen sollten. Plauderten unentwegt über Nichtigkeiten, wollten ihr Vorhaben eigentlich wieder abbrechen, und dann ging ihnen alles so leicht von der Hand, keine drei Minuten hatten sie gebraucht, und dann hatten sie Geld und saßen wieder beim Ferdl in der Wohnung, vollgepumpt mit Adrenalin. Der Ferdl konnte ein paar ausständige Raten für sein Haus zahlen und er selbst brachte alles in der Eden Bar in Wien durch. Er hatte keine Schulden, machte eigentlich alles nur aus Freundschaft zum Ferdl mit und wegen des Adrenalins. Nie hatte er gewusst, dass Adrenalin so aufputschend sein konnte. Koks hatte er schon probiert, aber das würde beruflich zu Schwierigkeiten führen, aber dieses Adrenalin bekam er kostenlos, war nicht nachweisbar und der Rausch führte ihn zu den Sternen und wieder zurück. Sie kannten sich schon sehr lange, der Ferdl und er, sie hatten gemeinsam die Polizeischule besucht und auch die weitere Berufsausbildung gemeinsam absolviert. Aber auch danach trafen sie sich immer wieder privat. Er glaubte, dass Ferdl manchmal eifersüchtig auf ihn sei, weil er ungebunden und frei war. Ferdl hingegen hatte noch während der Polizeischule seine jetzige Frau kennengelernt und kurz nach Schulabschluss wurde sie das erste Mal schwanger. Eine schnelle Hochzeit folgte und bald schon folgten Kind zwei und drei. Oft hörte er Ferdl sagen: „So viele Überstunden kann ich gar nicht machen, dass ich finanziell über die Runden komme." Und dann der Hausbau. Das Grundstück bekamen sie von seinen Schwiegereltern zur Ankunft des dritten Kindes geschenkt. Also musste Haus gebaut werden. Gleich irgendwo bei Wiener Neustadt. „Was mache ich dort auf dem Land nur – immer die fünfzig Kilometer in den Dienst fahren kostet so viel Treibstoff und Zeit." Alles drehte sich beim Ferdl immer um Geld und Zeit. Ja, er wurde von Ferdl beneidet und doch wünschte er sich manchmal an Ferdls Stelle zu sein. Geborgen, ein Heim, eine Frau und Kinder, die da waren, wenn er nach einem schweren beruflichen Tag heimkam. Aber meist war er zufrieden, mit sich selbst, mit seiner Situation und seinen außerberuflichen Aktivitäten. Am Fluchtauto angekommen sperrte Ferdl seinen PKW ab und sie zogen sich ihre Verkleidungen an, die sie vorsorglich schon am vergangenen Abend im Auto platziert hatten. „11.40 Uhr – perfekt!“, sagte Ferdl, als sie sich in den gestohlenen PKW setzten und losfuhren. Vor der Bank blieben sie in zweiter Spur stehen, da alle Bankparkplätze belegt waren. Durch das Auslagenfenster der Bank sahen sie, dass sich keine Kunden in der Bank befanden. „Also - auf Drei geht's los – so wie immer“, sagte Ferdl und repetierte seine Pistole. Sein Freund sah ihn dabei an. „Wir haben doch gesagt, es wird nicht geschossen und niemandem passiert etwas!“ „Jetzt scheiss dich nicht an, war ja nur routinemäßig, du weißt eh, bin ich so gewohnt – also Eins, Zwei und los geht's!“ Beide rissen die Türen des PKW auf, hechteten aus dem Auto und liefen auf den Bankeingang zu. Er als Erster, riss die Türe auf und lief wortlos, ohne links und rechts zu schauen auf die Kassiererin zu, packte sie und wollte sie in Richtung Toilettentüre ziehen, als er hinter sich plötzlich die Worte: „Polizei -Krachn weg!“ hörte und es ihm eiskalt über den Rücken lief. Die Kassiererin schrie auf und wollte sich befreien. Und dann brach die Schießerei los. Schnell drehte er die sich wehrende Frau vor seinen Oberkörper und drängte sie zum Ausgang. Aus dem Augenwinkel sah er undeutlich eine Person in den Umrissen einer Türe stehen, die ihnen vorher nicht aufgefallen war. Ferdl stand ebenfalls in Combat-Haltung und drückte ab.

Irgendwo sah er plötzlich Blut an der Wand. Sein Blut oder Ferdls oder des Kieberers? Er wollte sich keine Zeit nehmen, um das herauszufinden. „Schnell Ferdl, renn!“ raunte er noch, aber sein Freund blieb stehen und schwankte dann in Richtung der Türe, wo der Polizist plötzlich wieder verschwunden war. Bei der Eingangstüre raunte er nochmal: „Ferdl, komm schon!“, aber sein Freund rührte sich nicht, lehnte am Türstock und richtete seine Pistole in das Nebenzimmer. Da verlor er die Nerven und flüchtete.

***

„Guten Morgen“ sagte Römer, als er die kleine Raiffeisenbank in Zwölfaxing betrat. Diese lag genau auf der Durchzugsstraße zwischen Schwechat und Himberg und war eigentlich viel zu klein, um eine Bank wirklich repräsentieren zu können, aber in Zwölfaxing gab es viele Bauern und so getraute sich

niemand aus der Zentrale diese Bankfiliale zu schließen.
Mürrisch schaute die Kassiererin ihn an und nickte. „Du mich auch“ dachte Römer bei sich, er konnte die Kassiererin auch nicht leiden. Schweigend ging er in das Nebenzimmer der Bankfiliale wo ein Tisch und ein Stuhl stand. Immer wieder wurde in dieser Bankfiliale ein Banküberwachungsdienst durchgeführt, da diese Geschäftsstelle sehr exponiert lag und auch das Alarmsystem bereits mehr als veraltet war. Römer schloss die Tür bis auf einen Spaltbreit, um immer wieder in den eigentlichen Kundenraum blicken zu können, setzte sich zu dem Tisch, legte seinen Waffen auf den Tisch und begann dann mit der geplanten Arbeit.
Immer wieder musste er an den bereits abgeschlossenen Fall denken. Eigentlich wäre dies eine Geschichte für die Kriminalabteilung gewesen und die Gruppe in Himberg war viel zu klein, um größere Kriminalfälle bearbeiten zu können, aber manchmal geschah es, dass die zuständige Gruppe der Kriminalabteilung zu viele Fälle zu bearbeiten hatte und so konnte sich die Kriminaldienstgruppe Himberg auch auf interessantere Kriminalfälle stürzen. Der einzige Wermutstropfen war

nur, dass ausgerechnet sein „Freund" Wilhelm ebenfalls in der Kriminaldienstgruppe eingeteilt war und so brauchte der Chef doch manchmal Fingerspitzengefühl, um beide an der Leine zu halten.

Römer versuchte das Geplänkel mit Wilhelm aus seinem Kopf zu bringen, wobei er immer wieder daran dachte, dass dieser unbedingt seinen heutigen Dienst übernehmen wollte. Eigentlich hatte dieser keine größere Geschichte liegen, welche er hier in der Bank aufzuarbeiten hat, und doch wollte er unbedingt zur Bank fahren. Hammer, so hieß Wilhelm mit Nachnamen, war ein guter Brandermittler und hatte den einen oder anderen Fall bereits aufklären können, aber er wollte immer wieder glauben, dass er der Chef der Kriminaldienstgruppe war und so kam es des Öfteren zu verbalen Diskussionen zwischen den Beiden.

Mehr als 3 Stunden dauerte, nun schon die Banküberwachung und zügig schritt die Arbeiten voran. Immer wieder unterbrochen vom Kundenverkehr in der Bank, wobei Römer nur kleine Blicke durch den Spalt in den Kundenraum warf.

Kurz vor 12 Uhr räumte er seine Sachen wieder in den Aktenkoffer, legte seine

Privatwaffe dazu und schloss den Koffer ab. Er öffnete die Zugangstür zum Kundenraum der Bank und sah die Kassiererin an – „Na doch noch geschafft, jetzt haben wir nur mehr 3 Minuten und dann wäre der Tag auch wieder vorbei“ versuchte er freundlich das Wort an die Kassiererin zu richten. „Noch haben wir 3 Minuten, aber ich richte auch schon mal alles her zum zu sperren“ antwortete diese sehr überrascht über die Freundlichkeit. Römer sah, wie die Kassiererin den Schlüsselbund nahm und langsam hinter dem Bankschalter hervorkam, um die Bank abzuschließen. Er ging die 2 Schritte in das Nebenzimmer zurück, wollte seinen Aktenkoffer nehmen, als plötzlich die Eingangstüre der Bank aufsprang und eine langhaarige Person mit Faschingsmaske direkt auf die Kassiererin zulief, die erschrocken aufschrie.

Im ersten Moment dachte Römer an einen Faschingsscherz, doch kurz nach der ersten Person kam eine zweite etwas langsamer in die Bank mit einer Pistole in den Händen. „Das darf doch alles nicht mehr wahr sein“ dachte Römer noch bei sich und zog seine Dienstwaffe aus dem Hosenbund.

„Polizei, Krachn weg“ hörte er sich selbst schreien.....irgendwo kam plötzlich ein

Tunnel über ihn, er wurde ganz ruhig – „ warum habe ich die Waffe im Hosenbund“ – „Abzug spannen nicht vergessen“ – der Bankräuber drehte sich zu ihm um und Römer sah in seinen Augen die Erschrockenheit über die Tatsache, dass plötzlich ihm ein Polizist gegenüber stand - und plötzlich ging die Waffe des Bankräubers los und Römer drückte ab – einmal zweimal – keine Reaktion dann musste der dritte Schuss sitzen, Römer hob die Waffe an und drückte das 3.Mal ab und sprang gleichzeitig wieder zurück in den Nebenraum. Draußen hörte er die Kassiererin schreien, dann wurde die Eingangstüre zur Bank geöffnet und kurze Zeit später hörte er ein Auto mit quietschenden Reifen davonfahren.

Langsam richtete sich Römer auf, als eine blutende Hand mit einer Pistole in seinen Raum gehalten wurde und wieder versuchte der Täter abzudrücken. Doch es klickte nur.

Römer dachte nicht mehr nach, machte einen Sprung auf die Hand zu und riss sie zur Seite und stürmte in den Kundenbereich der Bank zurück. Aug in Aug stand er nun dem Bankräuber gegenüber. Durch den Sprung auf ihn kippte der Bankräuber zurück auf die Eingangstür der Bank und verlor dabei seine

Pistole. Römer dachte bei sich, dass es nun vorbei sei, als er bemerkte, dass der Bankräuber nach einem Messer griff, dass dieser in seinem Hosenbund stecken hatte. Daraufhin drehte Römer seine Pistole um und schlug mit voller Wucht den Pistolengriff seiner Dienstwaffe gegen den Nasenrücken des Bankräubers. Nunmehr sackte der Bankräuber zusammen und Römer sprang zur Pistole des Räubers, um diese aus der unmittelbaren Nähe zu werfen und richtete seine Pistole gegen den zusammengesunkenen Bankräuber. „Du Arschloch – hast du immer noch nicht genug – hat sich das wirklich jetzt ausgezahlt? Rühr dich nimmer sonst drück ich noch einmal ab“ schrie Römer. Gleichzeitig bemerkte er an der weißen Wand des Kundenraumes der Bank, rote Blutschlieren, die sich über der gesamten Wand verteilten. „also muss ich ihn doch getroffen haben“, dachte er bei sich.

Langsam ging Römer, den zusammengesunkenen Räuber nicht aus den Augen lassend auf den Bankschalter zu, da sich dort das Telefon der Bank befand. „Rühr dich nimmer sonst knallts noch einmal“ rief er dem schwer atmenden Bankräuber zu, hob ab und wählte

die Notrufnummer der Polizei, die ihn direkt mit dem Posten Himberg verband.
Am anderen Ende der Telefonleitung hob sein Freund Rilke nach dem ersten Läuten ab, „Robert ist da, lös Alarmfahndung aus, wir haben eine Geiselname, ein Bankräuber schwer verletzt in der Bank, der zweite flüchtig mit der Kassiererin in unbekannte Richtung. Schick mir Verstärkung und eine Rettung, den Bankräuber hats erwischt“ schrie er ins Telefon hinein noch bevor sich Rilke richtig melden konnte. Im Hintergrund hörte er bereits aufgeregte Stimmen am Funk. „Geht's dir gut“ fragte Rilke, als dieser merkte das Römer eine Pause machte, „Verstärkung ist bereits unterwegs“......in diesem Moment hörte Römer plötzlich die Eingangstüre der Bank aufgehen und er dreht sich blitzschnell um, die Dienstwaffe im Anschlag und erkannte rechtzeitig die Uniform seines Kollegen Alfons Teifl welcher im Türrahmen der Bank erschien, danach wurde ihm schwarz vor den Augen, er begann zu schwitzen und setze sich auf einen Sessel am Bankschalter „es ist vorbei“ dachte er noch bei sich...........und war sich nicht bewusst wie sehr er mit diesem Gedanken falsch lag.

Immer mehr Polizeistreifen fuhren zur Bank zu, ein Rettungshubschrauber landete direkt auf der Straße vor der Bank und auch die erste Streife der Kriminalabteilung NÖ erreichte die Bank innerhalb kürzester Zeit.
Römer saß nach wie vor auf dem Sessel hinter dem Bankschalter in der Bank als der Leiter der Raub-Gruppe – Chef-Inspektor Burger die Bankfiliale betrat. Römer und Burger kannten sich flüchtig von einer Dienstzuteilung Römers zur Kriminalabteilung als er einen anderen größeren Kriminalfall zu bearbeiten hatte. Die Büroräumlichkeiten der Raubgruppe lagen damals direkt neben der Betrugsgruppe, bei welcher Römer zugeteilt war, und so waren Burger und Römer öfters auch nach dem Dienst auf ein Bierchen zum Schweizerhaus in den Prater gefahren.

„Ich habe es zuerst gar nicht glauben können, dass du es wirklich bist“ sagte Burger als er den schweißgebadeten Römer in der Bank sitzen sah. „Nimm es mir nicht übel, aber du kennst ja die Prozedur – ich brauche deine Waffe und das Magazin für die KTU“ (KTU = kriminaltechnische Untersuchung).
Römer griff zu seiner Waffe, die er vor sich auf den Bankschalter gelegt hatte, nahm das

Magazin ab, entlud diese und reichte sie Burger mit dem Griff nach vorne.

„Sag mal Robert, ist das das Blut vom Räuber das du da am Ärmel hast“ fragte Burger nach und deutete auf den rechten Oberarm von Römer. Erst jetzt begann Römer Schmerzen in seinem rechten Oberarm zu spüren. „Robert er hat dich auch erwischt“ meinte Burger als Römer erneut schwarz vor den Augen wurde und er sich wieder auf den Sessel fallen ließ. Sogleich kam ein Rettungssanitäter zu ihm, der die Unterhaltung mitgehört hatte und ursprünglich mit der Behandlung des liegenden Täters beschäftigt war, und sah sich die Oberarmwunde von Römer genauer an. „Herr Inspektor, nur ein Streifschuss „“ meinte der Sanitäter, „aber das gehört genäht oder zumindest verbunden“.

Römer sah auf seinen Arm und den zerfetzten und rötlich gefärbten Hemdärmel „machts einen Verband drüber, zum Nähen habe ich jetzt keine Zeit“ und sah dabei Burger an, der schweigend neben ihm stand. „Sei kein sturer Hund und lass es dir gescheit anschauen, draußen steht eh der Notarztwagen, jetzt kannst du einstweilen eh nichts weiter machen, der Tatort gehört jetzt uns – die

Befragung machen wir dann nachher am Posten". Römer nickte nur „weiß man schon was von der Kassiererin?"

„Ja, wir haben sie schon gefunden, die ist gleich ins nächste Haus reingelaufen als sie der zweite Täter rausgezerrt hatte, und hat sich dort versteckt. Die ist erst rausgekommen, als wir das Haus durchsucht haben."

Erneut nickte Römer und ging leicht gestützt vom Rettungssanitäter in Richtung Ausgang „Burger" setzte er an „Burger das war ein Profi, der war schnell, perfekte Combat-Haltung und wirklich unglaublich schnell, das war nicht das erste Mal, das die sowas gemacht haben bzw. dass der geschossen hat, du kannst es mir glauben ich hatte einfach großes Glück". Danach verließ er die Bank, um sich vom Notarzt versorgen zu lassen.

***

„Burli, was hast du denn schon wieder angestellt? Das warst doch sicher wieder du" hörte Römer die vertraute Stimme seines Freundes Gernot aus dem Lautsprecher der Freisprechanlage seines Autos, als er von Zwölfaxing wieder zurück auf den Polizeiposten nach Himberg fuhr. Gernot, im ganzen Gernot

Heigl genannt, war ein bekannter Polizeireporter der Kronen Zeitung, mit dem sich Römer auf Grund langjähriger Zusammenarbeit angefreundet hatte. Mehrmals hatte ihm Gernot schon bei der Veröffentlichung von Fotos gesuchter Personen geholfen und bekam dadurch einen kleinen Informationsvorsprung vor den anderen Zeitungen. Schon bald waren aber die beruflichen Grenzen ins freundschaftliche übergewechselt.

„Darf ich fragen, woher du schon wieder alles weißt" antwortete Römer leicht amüsiert „der Funkscanner arbeitet offensichtlich immer noch gut". Römer hörte ein leicht verschmitztes Lachen am anderen Ende der Leitung. Kurz darauf gab ihm Römer einen kurzen Überblick über den Hergang des Banküberfalles und ersuchte ihn, kein Foto von ihm zu veröffentlichen. „Da hast du aber eine Menge Glück gehabt bei der ganzen Sache, das nächste Bierchen geht auf mich" meinte Heigl wieder mit ernster Stimme, „das mit dem Foto geht eh klar, der Rudi ist schon unterwegs und macht ein paar Tatortfotos von der Bank."

„Bevor du aber was bringst rede mit dem Burger, der hat die Amtshandlung übernommen, den kennts eh, nicht dass wir ihm da reinpfuschen, ich will unbedingt den Zweiten auch erwischen“, antwortete Römer. „Du ich muss Schluss machen, bin schon beim Posten und die warten auf meine Einvernahme, ich melde mich nachher“ beendete Römer dann das Telefonat.

Am Posten erledigte Römer die Einvernahme durch die Kriminalabteilung, indem er den Ablauf des Bankraubes immer wieder wiederholen musste. Hier wurde ihm auch mitgeteilt, dass der angeschossene Bankräuber noch in der Bank verstorben sei, dessen Fingerabdrücke aber nicht in der Kartei aufschienen. Als alles erledigt war, wurde es draußen bereits dunkel. Seine Dienstzeit wäre eigentlich schon längst vorbei und trotzdem wollte er noch nicht nach Hause fahren.

Rilke saß bereits in der Küche der Dienststelle und obwohl auch er schon keinen Dienst mehr hatte, wartete er auf Römer. Als dieser die Küche betrat, nahm Rilke aus dem Eiskasten zwei Bierflaschen, stellte sie auf den Tisch und setzte sich nieder „dir ist schon klar, was für ein Glück du heute hattest“ meinte Rilke nach einem langen Schluck aus der Flasche.“ Yes, so kann man das auch nennen“ – Römer setzte sich an den Tisch und nahm ebenfalls einen langen Schluck aus der Flasche, „viel wichtiger ist aber, wie erwischen wir den Zweiten? Der Typ ist immer noch draußen unterwegs und wahrscheinlich schon wieder über der Grenze“. „Was heißt denn bitte wir? Wir übernehmen gar nichts, hörst du Robert, das ist Sache der Kriminalabteilung und du hältst dich da raus. Überhaupt musst du die Überprüfung abwarten und vor allem bis du deine Dienstwaffe wieder zurückbekommst. Bis dahin kannst du zu Hause bleiben oder Innendienst machen, aber es wird nicht ermittelt hast du verstanden? Und ich sage dir das nicht nur als dein Freund, sondern auch als dein Vorgesetzter“. Meist hörte Römer auf den Rat seines Freundes, doch diesmal schüttelte er unwillig den Kopf,“ du meinst also ich soll das Abhaken und Warten bis der Burger vielleicht irgendetwas auf die Reihe bekommt? Das glaubst du doch selbst nicht.“

Rilke nahm noch einen Schluck aus der Flasche und stellte diese dann hörbar laut auf den Tisch „ Robert ich sag’s dir noch einmal, Finger weg aus diesen Ermittlungen, du hast einen erschossenen Bankräuber auf dem Buckel, sicher gerechtfertigt aber du bist befangen, halte dich da raus – im schlimmsten Fall muss ich dich suspendieren, und denke nicht das würde mir Spaß machen, aber bis diese Sache nicht absolut aufgeklärt ist, hältst du die Füße hier einfach still, und jetzt fahr heim und schlaf dich aus. Morgen um 10 Uhr hast du einen Termin beim Bezirkskommandanten, der gratuliert dir, nur so nebenbei“. Römer nahm den letzten Schluck aus der Flasche, stellte diese zurück auf den Tisch und stand auf. „Eigentlich habe ich morgen dienstfrei, aber ich bin um 10 Uhr beim Bezirkskommando, ich fahre aber gleich direkt von zu Hause dorthin“ antwortete er „und jetzt fahre ich nach Hause und versuche zu schlafen, schönen Abend noch“, danach verließ er die Dienststelle.

Als er im Auto saß, bemerkte er auf dem Handydisplay 3 Anrufe seines Freundes Gernot, der er zurückrief, nachdem er sich auf die Heimfahrt gemacht hat. “Danke für den Rückruf, du der Burger hat mir ein Foto von dem toten Bankräuber zur Veröffentlichung geschickt, das geht morgen in die Zeitung nur das du Bescheid weißt, aber ich glaube den habe ich schon mal irgendwo gesehen, ich weiß nur nicht wo“. „Das wäre aber nicht ganz unwichtig, du hast doch normalerweise so ein gutes Gedächtnis“ meinte Römer, „denk mal nach und lass es mich dann wissen, vielleicht gibt’s ja irgendeinen Zusammenhang nach Zwölfaxing oder so. Die Bank kennt doch keiner, außer man wohnt in der Nähe oder hat öfters da zu tun. Du ich fahre schon heim und hau mich nieder, melde mich morgen bei dir, und Gernot .... Danke für alles“ „kein Problem, das Schaukeln wir schon, schlaf dich aus, bis morgen“ antwortete Heigl und legte dann auf. Nachdenklich fuhr Römer in der Dunkelheit nach Hause.

***

„Entschuldigen sie, kann ich ihnen weiterhelfen? Suchen sie etwas“ – die Stimme in seinem Rücken ließ ihn plötzlich erstarren. Er war schon ca. 500 Meter weg vom Fluchtfahrzeug, als er von hinten angesprochen wurde. Langsam bewegte sich seine Hand zu seiner Jackentasche, wo er seinen Revolver verstaut hatte. „Hören sie mich? Hier spricht die Polizei, drehen sie sich bitte um“ hörte er wieder hinter sich. Langsam drehte er sich um und blickte zwei Polizisten, die hinter ihm standen in die Augen. „Asooo du bist es, bist du auch bei der Fahndung dabei?“ fragte ihn der eine

Polizist, den er vom Sehen her kannte. „Fahndung? Was für eine Fahndung? Ich komme grad von meiner Freundin und will zu mir nach Hause fahren, was ist denn passiert?"

„Irgendwer hat die Bank in Zwölfaxing gemacht und ein Kieberer war drinnen. Einer dieser Volldeppen ist liegen geblieben, der andere ist noch auf der Flucht und wir haben bei diesem Scheisswetter eine Alarmfahndung laufen" – der Regen lief ihm in die Augen, sodass die Polizisten nicht erkennen konnten wie geschockt er war, „was heißt liegengeblieben?" „Am Funk haben sie gesagt, der eine Bankräuber ist tot und der zweite dürfte mit einem Auto geflohen sein, aber ich will dich nicht länger aufhalten, sonst bist du genauso nass wie wir. Wünsch dir einen schönen Tag, wir kriegen den Deppen schon noch", die Polizisten gingen danach bei ihm vorbei, schwer bewaffnet, als ob sie direkt eine Spur hätten. Wut kroch in ihm hoch, der Ferdl hats also nicht geschafft, dachte er bei sich, wir wollten doch nur das Geld und nichts weiter, es hämmerte in seinem Kopf – wenigstens hat er nicht mehr reden können, eigentlich war er fein raus – aber sein Freund tot, dessen Familie verschuldet, wie sollte er

je in die Augen von Ferdls Familie schauen können.
Wenn nicht diese Kopfschmerzen wären, und Koks hatte er auch keines mehr, um diese ewig auftretenden Schmerzen wieder zur Ruhe zu zwingen. Der Ferdl ist tot, immer wieder hörte er diese Worte in seinem Kopf. Aber er war frei, nicht einmal diese Vollpfosten Polizisten haben irgendetwas bemerkt. Ja er war in Sicherheit, niemand wusste von ihm – wenn nicht diese Kopfschmerzen wären.
Der Ferdl, was hätte der Ferdl jetzt gemacht? Der Planer war immer der Ferdl gewesen, er war ja nur sein Helfer. Wut kroch in ihm hoch, langsam begann das Adrenalin wieder zu steigen, Ich werde dich kriegen du Kieberer, dann wirst du leiden, so wie der Ferdl oder dessen Familie – zuerst deine Freunde, deine Familie und am Schluss Du – ich krieg dich darauf kannst du dich verlassen, die Geschichte ist noch nicht vorbei, sie hat eben erst begonnen. Zufrieden und innerlich aufgeputscht kam er bei seinem eigenen PKW an, stieg ein und sah sein Spiegelbild im Rückspiegel seines Autos. Blutunterlaufene Augen starrten ihn an – nasse Haare hingen ihm ins Gesicht – wenn nur diese verdammten Kopfschmerzen nicht wären. Er griff in die

Seitenablage seines Autos, fand dort eine Packung Ibumetin, nahm 2 Tabletten aus der Packung und schluckte diese. Bald würde er wieder klar denken können und dann, ja dann werde ich dich bekommen. Als er das Auto startete, begann das Medikament zu wirken. Sein Blick schweifte auf den linken unteren Seitenrand seiner Windschutzscheibe, an welcher ein Aufkleber montiert war, „IPA – International Police Assoziation und seine Mitgliedsnummer“ – er begann zu grinsen und fuhr in angemessenem Tempo weg. Ja ich, ich kriege dich, du hast vielleicht eine Schlacht gewonnen aber den Krieg gewinne ich, das wirst du schon noch spüren, dachte er sich als er sich in den Verkehr einfädelte.

***

Tag 2
Gott macht das Gewölbe zum Himmel und schied das Wasser vom Himmel

„Wer kennt diesen Mann" stand in schwarzen dicken Lettern auf der Titelseite der Kronen Zeitung, welche sich Römer am nächsten Morgen besorgte, bevor er zum Bezirkspolizeikommando nach Klosterneuburg fuhr. Unter dieser Überschrift, war ein Foto des toten Bankräubers zu sehen welches offensichtlich in der Gerichtsmedizin aufgenommen worden war. Im Inneren der Zeitung waren Aufnahmen der Bank von außen und der Blutspuren am Teppich und an den Innenwänden der Bankfiliale zu sehen. Darunter ein doppelseitiger Artikel über den Ablauf des Banküberfalles und der Stand der Ermittlungen. Römers Name schien im Zeitungsbericht nicht auf und es war auch kein Foto von ihm zu sehen. „Ist halt doch gut Freunde bei der Presse zu haben", dachte er bei sich.

Römer stellte seinen Wagen vor dem Bezirkspolizeikommando in Klosterneuburg ab, stieg die Stiegen hinauf und trat in die Dienststelle ein. Im Empfangszimmer saß sein ehemaliger

Postenkommandant, welcher in der Zwischenzeit zum Bezirkskommandanten Stellvertreter befördert worden war. Als er Römer sah, stand dieser auf und gab im wortlos die Hand. Nach einem kurzen Augenblick sah er Römer in die Augen „Geh ruhig rein, er wartet schon auf dich, ich kann dir gar nicht sagen wie froh ich bin, dich zu sehen, als ich die ganzen Berichte gelesen habe. Wenn das einer überstehen konnte, dann warst du das. Wie geht es dir eigentlich? Kannst du das verkraften?“ „Wenn nicht jeder fragen würde, wie es mir geht Ludwig, ginge es mir besser…es ist alles ok bei mir, ich lass mal den Chef nicht lange warten“…meinte Römer nicht unfreundlich, verdankte er seinem Ex-Postenkommandanten so einiges vor allem, was die Kriminaldienstarbeit anbelangte.
Danach klopfte er an und betrat das Büro des Bezirkskommandanten. „Ah Römer, kommen sie rein und setzen sie sich, wollen sie einen Kaffee vielleicht, nachdem das ihr freier Tag heute ist…“begrüßte ihn der Bezirkskommandant Krenn, auch ein ehemaliger Postenkommandant des Postens Himberg. „Das wäre sehr nett, wenn das irgendwie ginge, ich bin ehrlich gesagt heute noch zu keinem gekommen“ antwortete Römer, während er Platz nahm. „Ach ja, da ist

ihre Dienstwaffe von der Ballistik bereits zurück, die werden sie noch brauchen denke ich“ meinte Krenn, während er Römer die Waffe in einem Tatortplastiksack überreichte.

„Nun erzählen sie mal, was war da gestern wirklich los“ fragte Krenn in seiner jovialen Art und Römer schilderte den Vorfall wieder, für ihn zum gefühlten hunderten Mal, als plötzlich Römers Handy und das Telefon des Bezirkskommandanten gleichzeitig zu läuten begann. „Lois es ist dringend“ hörte er von draußen rufen, „es ist der Burger“. Krenn deute kurz zu Römer, der nun ebenfalls auf sein Handy schaut und bemerkte das sein Freund Heigl ihn wieder und wieder anrief. „na dann heben wir wohl beide mal ab, bevor die Telefone übergehen“ meinte Krenn noch und meldete sich auf seinem Apparat. Römer stand auf und ging in das Vorzimmer, um dort ebenfalls sein Telefon abzuheben. Er bemerkte, dass das Gesicht von Krenn plötzlich sehr ernst wurde.

„Burli setz dich, falls du stehst“, hörte Römer seinen Freund durch das Mobiltelefon, *„es hat sich eben herausgestellt, dass dein Bankräuber ein Wiener Polizist war, ich nehme an das du relativ bald einen Anruf von Burger bekommen wirst.“* „Du der Burger ist schon auf der anderen Leitung und

spricht gerade mit meinem Chef, ich rufe dich nachher an, wenn ich hier fertig bin“ und legte fast gleichzeitig mit seinem Bezirkskommandanten auf.

„Ich nehme an, sie haben eben dieselben Informationen wie ich bekommen. Kennen sie diesen Alfred Trester von der Wiener Polizei?“ fragte Krenn sofort nach. „Nun den Namen hatte ich noch nicht erfahren, aber der sagt mir rein persönlich gar nichts“ antwortete Römer wahrheitsgemäß. „Sie sollen nachher in die Kriminalabteilung zum Burger kommen, wenn wir hier fertig sind, das Ganze gilt natürlich als Dienstzeit, nachdem sie ja heute ihren freien Tag haben“. Römer setzte sich nochmals gegenüber Krenn und trank langsam den Kaffee, der mittlerweile am Tisch stand. „Ich versteh das nicht“ sagte er mehr zu sich als zu seinem Vorgesetzten, “ein Polizist der einen Raubüberfall macht, das passt doch irgendwie nicht zusammen“ – „6 Raubüberfälle“, wurde er von Krenn korrigiert, „laut Burger dürften es 6 Überfälle gewesen sein, ein Tresorüberfall auf eine Billa Filiale und 4 Postämter im Bezirk Baden und Wiener Neustadt. Der sechste war dann gestern und endete mit ihnen“. „Wird ja immer besser“, raunte Römer zurück. „Ich rufe gleich am Posten an und sag der Dienstführung, dass sie ab 09.00 Uhr heute auf Überstunden im Dienst sind, sie sollen wenigstens bezahlt hier herumfahren“ meinte Krenn noch während er sich erhob und Römer die Hand hinstreckte, “ich gratuliere ihnen nochmals zum Überleben, und lassen sie sich nicht mürbe machen von irgendwem, der Waffengebrauch war komplett nach allen Vorschriften – ich bin froh, dass es so ausgegangen ist“ Römer nickte und verließ dann die Dienststelle, um nach Wien zu fahren, wo sich die Kriminalabteilung befand. Diese war in einer alten Wehrmachtskaserne im 3.Bezirk untergebracht und nach ihrem Standort „Rennwegkaserne“ benannt. In dieser war auch die Sicherheitsdirektion Niederösterreich untergebracht und war rechteckig erbaut worden, gleich einer alten Burg mit großen Einfahrtstoren und alten Holzfenstern, durch die es im Winter auch dem Alter des Gebäudes entsprechend unheimlich zog.

Römer kannte das Gebäude von seinen vorherigen kurzzeitigen Dienstzuteilungen und so wusste er auch, wo sich Burgers Büro befand. Auffallend still war es in den

Räumlichkeiten der Raubgruppe. Normalerweise bestand die Gruppe aus 10 Polizisten, aber keiner war in den Büros zu sehen also ging Römer direkt durch in das Büro von Burger.

„Ich nehme an, dass dich der Krenn schon über alles informiert, hat“ empfing ihn Burger ohne ein Wort des Grußes. „Er hat mich insoweit informiert, dass der Bankräuber ein Wiener Polizist namens Trester gewesen ist und ich zu dir kommen soll, mehr weiß ich auch noch nicht“ antwortete Römer,“ ich nehme mal an, ich darf mich auch hinsetzen oder stehe ich da vor einem Tribunal?“

„Ähem ja, setz dich – nun“, Burger sah Römer forschend an, “kannst du mir erklären, warum du vor 2 Monaten mit dem Bankräuber gemeinsam schießen warst?“

„Ich war was?“…. Römer blickt sein Gegenüber ungläubig an. “Du willst mich wohl auf den Arm nehmen, ich kannte den Bankräuber nicht und kenne den nicht, geschweige war ich mit dem irgendwann einmal schießen und wo soll das gewesen sein?“

„Du warst also nicht am 05.Juni in Hirtenberg am Schießstand schießen? Willst du mir das wirklich erklären?“ fragte Burger erneut süffisant lächelnd.

„Sag mal geht's noch“, langsam wurde Römer über die Art, die der Kriminalbeamte an den Tag legte richtig wütend,“ erstens hast du mir nicht gesagt wann das gewesen sein soll und zweitens war ich nicht mit dem Bankräuber zusammen oder kannte ihn gar – geht das auch in deinen Kopf rein und ja ich war schießen in Hirtenberg, soweit ich mich erinnern kann von 09 Uhr bis 10 Uhr hatte ich dort einen Einzelstand gemietet und du weißt ganz genau, das ich knapp 1 Monat vorher aus einem 3jährigen Krankenstand zurückkam und daher keine Schießpraxis mehr hatte. Willst du mir das etwas vorwerfen? Das lässt sich doch alles in Hirtenberg nachprüfen, ich glaube ich hatte den Stand Nr.13.“, Römer zog hörbar die Atemluft ein, „solltest du mich also verdächtigen mit dem Bankräuber gemeinsame Sache gemacht zu haben, so erkläre mir bitte mal, warum ich ihn während des Banküberfalls ohne Geld erschießen sollte und nicht nachher, wenn die Beute bereits aus der Bank draußen ist.“

„Ja es war der Stand 13 in Hirtenberg und dann möchte ich noch fragen, warum der Trester denselben Stand um 10 Uhr gemietet hatte“, Burger lächelte triumphierend. „Wie du richtig sagst, er hatte ihn von mir aus um

10 Uhr gemietet. Soweit ich mich erinnern kann, war das ein Samstag und der Schießplatz war komplett ausgebucht. Dort saßen zig Leute im Café und warteten auf ihren Stand bzw. tranken noch was nach dem Schießen, und deshalb muss ich die auch alle gekannt haben?“ Römer geriet immer mehr in Rage. „Es war mein erstes und einziges Mal, dass ich in Hirtenberg schießen war, also was soll der Mist, wenn der mit mir schießen gewesen wäre, dann hätte er ja nicht nachher noch einmal eine Stunde den Stand mieten müssen, oder?“

„Jetzt beruhig dich mal wieder, ich muss dich das doch fragen“, ruderte Burger zurück, “du weißt doch selbst, wie das mit den Faktenchecks ist.“

„Auf die Art der Fragen kommt es an Herr Kollege, lieber Burger, auf die Art wie man fragt und abgesehen davon, woher weißt du, dass ich in Hirtenberg schießen war? Das würde mich mal interessieren“. „Wir haben heute in der Früh einen anonymen Hinweis bekommen, dass ihr euch gekannt habt und dass das in Hirtenberg nachzuprüfen wäre, was wir auch getan haben. Allerdings das mit den Uhrzeiten war mir jetzt neu“. Burger machte einen leicht betretenen Eindruck.

„Dann prüf das nächste Mal vielleicht alles nach und abgesehen davon, überleg doch mal, woher kommt so schnell ein anonymer Hinweis, wo nirgends steht wer der Beamte in der Bank war der geschossen hatte, bzw. zu einem Zeitpunkt wo auch noch niemand wusste, wer eigentlich der Bankräuber war?"
Burger konnte ihm nicht einmal mehr in die Augen schauen. „Also das nächste Mal, bevor du mich irgendwelcher Straftaten beschuldigen willst, denk mal nach oder kannst sowas noch nicht?" „Jetzt mach mal halblang Römer", meinte Burger, "du vergisst wohl, wer dein Vorgesetzter ist, oder? Also gewöhn dir eine andere Sprache an mit mir, sonst kanns leicht krachen"
„Naja und du vergisst, Burger", Römer war mittlerweile aufgestanden, „du bist vielleicht ranghöher aber mein Vorgesetzter noch lange nicht und wenn es sonst nichts mehr gibt, werde ich mich jetzt verabschieden und offensichtlich bist überfordert damit den zweiten Täter zu finden und beschuldigst lieber die Polizisten, die dir zur Verfügung stehen oder bin ich jetzt festgenommen?"
„Nein festgenommen bist du nicht, noch nicht, aber misch dich nicht in meine Ermittlungsarbeit ein, sonst könnte ich mir das

vielleicht noch überlegen, aber fertig bin ich mit dir noch nicht“, Burger hatte offenbar den ersten Schreck überwunden als sein Tatszenario in sich zusammengefallen war. „Burger das traust du dich so und so nicht, dass wissen wir Beide ganz genau, und was deine Ermittlungsarbeit angeht, fang endlich mal zu ermitteln an, vom Schreibtisch aus löst man keine Fälle“...eigentlich erwartete Römer noch eine Reaktion, während er das Büro der Raubgruppe verließ, aber es kam keine.

***

„Burli, ich denke du solltest schleunigst zu mir ins Büro kommen“, tönte es aus der Freisprechanlage in Römers Auto. „Du eigentlich bin ich gerade am Weg nach Himberg und ich habe grad eine saukomische Befragung von Burger hinter mir. Geht's nicht vielleicht morgen“! „Robert, wann hast du mich je schleunigst sagen hören?“ kam fragend die Stimme von Gernot Heigl aus dem Autolautsprecher, „wenn's nicht wirklich wichtig wäre, würde ich nicht so drauf drängen. Ab gesehen davon kommt der Burger auch, ich glaube das ist für euch beide sehr wichtig zu hören“. „Ok, ich bin in 20 Minuten bei dir im

19.Bezirk in eurer Redaktion." Römer wurde nachdenklich, nachdem er die Fahrspur wechselte, um in das Mediencenter der Kronen-Zeitung zu fahren. Er war zwar schon öfters beim Heigl im Büro, aber noch nie hatte ihn Heigl so eindringlich um sein Erscheinen ersucht. Normalerweise trafen sie sich außerhalb der Redaktion, da von Römers Vorgesetzten ein zu naher Umgang mit der Presse nicht gerne gesehen wurde.

Das Medienhaus der größten österreichischen Tageszeitung befand sich im 19.Wiener Bezirk in der Muthgasse und war ein 17-stöckiger Glas-Betonbau. Am Dach prangte weithin sichtbar in roter Schrift der Namenszug der Zeitung. Normalerweise waren am Tag vor dem Haus keine Parkplätze zu finden, aber aus seinen vorhergehenden Besuchen wusste Römer, wie er zum Mitarbeiterparkplatz vorgelassen wurde.

Die Eingangshalle des Medienzentrums wurde vom großen Informationsschalter beherrscht an dem niemand, ohne gesehen zu werden, vorbeikommen konnte, außer natürlich der Eigentümer der Zeitung, aber der hatte einen eigenen Lift von der Tiefgarage direkt in sein Büro im 17.Stock mit Ausblick über ganz Wien. „Wohin solls denn gehen", wurde Römer von einem der Portiere gefragt. "Zum Gernot Heigl in der Lokalredaktion, er erwartet mich".

„Haben sie einen Termin? In der Liste ist nichts eingetragen". Römer schaute den Portier lächelnd an:" Komm schon, nicht schon wieder wie jedes Mal, der Gernot hat mich angerufen und gemeint ich soll schnell zu ihm kommen. Mach das Spielchen doch mit dem nächsten Kriminalbeamten, der müsste eh gleich auch kommen". Nun lächelte auch der Portier, der Römer von den vorherigen Besuchen mittlerweile gut kannte:" habe ich schon, der Burger hat 5 Minuten hier gewartet, bis er rauf durfte, geh schon durch, der Gernot hat gemeint du sollst sofort rauf in den Besprechungsraum und nicht in die Redaktion kommen, scheint echt wichtig zu sein". Römer nahm den Besucherausweis, dem ihn der Portier auf die Tresen legte und ging schnell weiter zu den Aufzügen. In der Empfangshalle herrschte reges Treiben. Andauernd verließen Journalisten das Gebäude oder kamen von irgendwelchen Recherchen wieder in das Gebäude zurück und so drängte sich Römer mit anderen Personen in einen viel zu engen Lift.

Die meisten der Mitfahrenden stiegen in den unteren Etagen wieder aus und so war Römer der letzte, der in der 15.Etage den Lift verließ. Hier befanden sich die Besprechungsräume, wo auch die einzelnen Redaktionssitzungen abgehalten wurden. In diesem Teil des Redaktionsgebäudes war nichts von dem regen Treiben aus der Eingangshalle zu spüren. Dann und wann läutete hinter den verschlossenen Türen ein Telefon, aber sonst war niemand auf dem Gang zu bemerken. Römer steuerte auf eine offene Tür zu in der Annahme, dass diese für ihn offengelassen wurde, da sonst alle anderen Türen verschlossen waren. Er betrat den Raum und bemerkte sofort die Unruhe, die sich in ihm breit machte. Neben Heigl und Burger kannte Römer noch den Bezirkspolizeikommandanten Krenn, den er ja noch am heutigen Morgen besucht hatte. Der 4.Mann, der ebenfalls in dem Besprechungszimmer anwesend, war Römer vom Sehen her bekannt persönlich war er ihm jedoch noch nie begegnet.

„Na endlich das du da bist", begrüßte ihn Heigl laut. "Ich nehme an, deine Kollegen kennst du ja. Burger bestand darauf, dass dein Bezirkskommandant ebenfalls hier eingeladen wird. Ich nehme an, du hast von Herrn

Dichand schon gehört“ und stellte somit den 4.Mann vor.

Das also war der berühmte Hans Dichand, der Herausgeber der Kronen Zeitung. Römer konnte nun einen genauen Blick, auf den wohl berühmtesten Medienherausgeber Österreichs werfen. Er sah einen älteren Mann um die 70 vor sich sitzen, welcher einen körperlich nicht mehr frischen Eindruck machte. Sah man ihm aber ins Gesicht und in seine Augen, merkte man sofort, warum gerade er es geschafft hatte, seine Zeitung zu einem medialen Machtzentrum in Österreich aufzubauen. Vor Dichand stand ein Digitales Tonbandgerät auf den hufeisenförmigen Tisch. „Jetzt da wir komplett sind, können wir ja beginnen“ hörte Römer Dichands Stimme.

„Heute um 08.50 Uhr wurde meine Privatsekretärin hier im Büro angerufen und sie hat glücklicherweise schnell geschalten und das Tonbandgerät eingeschalten, sodass wir das gesamte Telefonat auf Band haben. Ich denke der Inhalt wird sie sehr interessieren, vor allem sie Herr Römer“, Dichand blickte Römer tief in die Augen, “sie werden möglicherweise sehr an der Aufklärung danach interessiert sein, wobei mir Herr Heigl versichert hat, dass er sie schon lange kennen würde und es

sich dabei wahrscheinlich um eine Intrige handeln könnte. Also Herr Heigl spielen sie uns doch das Band noch einmal vor"
Stille breitete sich in dem Besprechungsraum aus als Gernot Heigl das mitgebrachte Tonbandgerät einschaltete.

„Büro von Herrn Dichand, was kann ich für sie tun" hörte man eine weibliche Stimme laut und klar aus dem Lautsprecher, „Ich möchte mit Herrn Dichand persönlich sprechen" war eine offensichtlich digital verzerrte Stimme zu vernehmen, „um was geht es denn? Herr Dichand ist noch nicht im Büro, aber vielleicht kann ich ihnen weiterhelfen?"
„Wenn sie mir weiterhelfen können hätte ich nicht Herrn Dichand zu sprechen verlangt, Herr Dichand ist vor ungefähr einer Stunde von seinem Privatchauffeur wie jeden Tag in der Tiefgarage des Verlagshauses vor seinem Privataufzug abgesetzt worden und sitzt jetzt in seinem Büro und korrigiert offensichtlich seine Zeitung mit einem silberfarbenen Kugelschreiber, also erzählen sie mir keinen Blödsinn und verbinden sie mich" – danach war auf dem Band mehrmaliges klicken zu hören während der Anrufer offenbar immer wieder tief ausatmete, „wen darf ich melden", war wieder die Stimme der Sekretärin zu vernehmen, „ jemand der weitgreifende Informationen zum gestrigen Bankraub in Zwölfaxing hat und dabei auch die

Verwicklung ihrer Zeitung in diesen genau kennt", danach trat kurze Stille ein.

„Dichand" hörte man die sonore Stimme von Hans Dichand, offenbar sehr verärgert, aus dem Lautsprecher.

„Ihre Mitarbeiter unterstützen staatliche Mörder und Kriminelle und sie unternehmen nichts – Ihr Heigl macht gemeinsame Sache mit dem Polizisten, der gestern seinen Komplizen in der Bank in Zwölfaxing erschossen hat. Ja sie hören richtig Komplize, der Bankräuber war auch ein Polizist aus Wien und sie decken diese Geschichte auch noch" dumpf und metallen klang die Stimme in Römers Kopf," haben sie dafür irgendwelche Beweise, was sie da eben behaupten", man spürte die Verärgerung in der Lautsprecherstimme von Hans Dichand. „Prüfen sie mal die Reservierungslisten der Hirtenberger Schiessvereines. Beide waren am 05.Juni des Jahres gemeinsam dort, um ein Übungsschießen abzuhalten. Außerdem war der Bankräuber immer wieder zu Gast in Zwölfaxing wo sich die Beiden sehr oft trafen. Der erschossene Bankräuber heißt Alfred Trester und war bei der WEGA in Simmering stationiert. Viele Zufälle, meinen sie nicht Herr Dichand?"

„Und was hat das mit der Zeitung und Herrn Heigl zu tun?" „Sie schalten aber wirklich sehr langsam, der Heigl war doch mit von der Partie, sonst hätte er nicht so Polizistenfreundlich über den Bankraub

geschrieben, das muss doch sogar ihnen einleuchten, verdammt noch einmal. Die Erhebungen sind noch nicht einmal abgeschlossen und der wird quasi schon von ihrer Zeitung freigesprochen, denken sie mal scharf nach, ich melde mich wieder". Danach hörte man mehrmaliges Klicken und Gernot Heigl schaltete das Tonbandgerät ab.

„Bevor wir zu ihrem Teil kommen Herr Römer" Dichand schaute Römer direkt in die Augen, „ich habe mit Herrn Heigl über dieses Telefonat bereits gesprochen und ich vertraue ihm 100% in dieser Sache und er offensichtlich ihnen, aber das Ganze kommt doch etwas merkwürdig rüber meinen sie nicht Herr Römer?"

Römer spürte förmlich, wie die Blicke aller anwesenden Personen sich ihm zuwandten.

Was sagen sie dazu Herr Römer" kam nun auch fast zeitgleich die Frage von Krenn auf.

„Das war ein Polizist, der da angerufen hat. 100% und irgendwie hängt der mit dem Bankraub zusammen. Vielleicht ist es sogar der zweite Täter, der von sich ablenken will. Das mit dem Schießplatz hat mich Burger bereits gefragt und ich habe es ihm erklärt und ich hoffe er konnte das in der Zwischenzeit abklären." Römer sah zu Burger und wartete auf eine Antwort. „Grundsätzlich decken sich die Informationen mit den Aussagen des Schießplatzverwalters, du hattest den Stand um 09.00 Uhr gemietet, Trester um 10.00 Uhr, was jetzt nicht ausschließt das ihr euch nicht doch gekannt habt, da mir der Verwalter gesagt hat, das am Wochenende die Stände immer nur 1 stunde vermietet werden, da an diesen Tagen ein großer Andrang vorherrscht. Ihr könntet euch so 2 Stunden Schiesszeit organisiert haben. Er meinte aber auch, dass Trester ihm selbst sehr wohl bekannt sei und der immer mit einer größeren Gruppe dort erscheint, du aber in der ersten Stunde allein geschossen hättest. Das ist ihm deshalb in Erinnerung geblieben, weil du mit deiner 357er und der doppeltgeladenen Munition für ziemliche Aufregung unter den Anwesenden Schützen gesorgt hättest, und das glaube ich ihm wieder zu 100% - für Aufregung warst du schon immer wieder gut. Allerdings weiß er nicht mehr, ob du nachher in der Gruppe dabei warst, da sehr viele Leute an diesem Tag am Schießplatz waren, allerdings hätte er die 357er nachher nicht mehr gehört"

„Nun wenigstens etwas" meinte Römer noch und wendete sich dann wieder an die Anwesenden:" also ich kannte und kenne keinen

Alfred Trester das ist Fakt. Ob der in Simmering bei dem WEGA-Stützpunkt war oder nicht, weiß ich auch nicht, wenn habe ich mit dem Wachzimmer Kaiser-Ebersdorf zu tun und mit sonst niemanden in Simmering. Aber nach der Aussprache und den verwendeten Wörtern ist der Anrufer hundertprozentig ein Polizist. Niemand sagt auf der Straße „Erhebungen“ zu unseren Tätigkeiten. Und was mich so richtig stutzig macht ist der Zeitpunkt des Anrufes hier bei der Kronen Zeitung bzw. dann bei dir Burger. Zu diesem Zeitpunkt wusste draußen noch niemand, einschließlich mir, dass der Bankräuber ein Polizist gewesen ist. Können wir den Anruf nicht irgendwie zurückverfolgen lassen, woher der kam?“ Römer schaute zu Dichand an den die letzte Frage gerichtet war.
Dichand lächelte hintergründig „auch wenn sie einen Gerichtsbeschluss bringen, sicher nicht, ich habe es nicht so gerne, wenn irgendwelche Techniker der Polizei in meinem Telefonnetz herum werken, es unterliegt hier immer noch alles dem Redaktionsgeheimnis und dem Schutz der Informanten und so eine Rufnummernrückverfolgung wäre das Letzte, was diesem dienlich wäre. Aber ich mache ihnen ein Angebot. Normalerweise würde ich

sofort die Headline meiner Zeitung ändern in …sagen wir mal…Bankräuber beschuldigt Polizisten der Komplizenschaft…oder so ähnlich, aber ich möchte ihnen eine Chance geben, Herr Römer. Mein Mitarbeiter Heigl verbürgt sich für sie und daher haben sie bis zum Wochenende Zeit ihre Unschuld zu beweisen, sonst werde ich dieses Band abschreiben lassen und am darauffolgenden Montag in der Zeitung drucken lassen."

„Aber er darf ja gar nicht ermitteln" warf Burger schnell ein, „er ist mit der Sache befasst und ich bin nicht bereit ihn bei den Ermittlungen mitzunehmen".

„Das ist nicht mein Problem, und wenn mich die Herren nunmehr entschuldigen würden, ich habe eine Zeitung zu leiten und daher noch wichtigeres zu tun – Herr Heigl sie können gerne noch hierbleiben, aber melden sie sich bei mir, wenn die anderen gegangen sind – Auf Wiedersehen". Ohne eine Antwort abzuwarten, erhob sich Dichand und verließ den Raum.

Kurzzeitig machte sich Stille in dem Konferenzraum breit. „So und was nun" startete Römer einen Anfang, „wir wissen viel aber in Wirklichkeit auch gar nichts. Allein in Wien und Niederösterreich zusammen gibt es knapp 12000 Polizisten, davon in Wien ca. 7000. Ich nehme mal an, der Typ ist im Umfeld dieses Tresters zu suchen, kann sein – muss aber auch nicht…“ „um es noch einmal klarzustellen,“ unterbrach ihn Burger, „du suchst gar nichts. Mir ist egal wen der Dichand da kennt oder nicht kennt oder was der auch immer ist, die Erhebungen führe ich mit meiner Gruppe und sonst niemand. Nur das wir uns da klar verstehen. Ich hoffe das auch ihnen jetzt klargemacht zu haben Herr Oberst Krenn. Jeder der mir da reinpfuschen möchte, kann sich auf dienstrechtliche Konsequenzen einstellen und was dich da angeht Gernot, wenn du da mit drinnen hängst, bist du der erste der im Knast landet, nur damit du es auch richtig verstehst.“

„Herr Chefinspektor, ich glaube sie vergreifen sich sehr im Ton“ hörte man die sonore und ruhige Stimme des Bezirkskommandanten Krenn plötzlich ziemlich scharf werden. Eigentlich war der Kommandant als Großvatertyp bekannt, den so schnell nichts aus der Ruhe bringen konnte. „Sie schreiben mir grundsätzlich nichts vor, was ich zu tun und zu lassen habe, sonst sehen wir uns gleich bei ihrem Chef Oberst Trausnig und besprechen das sofort mit ihm“, danach wendete er seinen Blick zu Römer, um gleich ruhiger fortzufahren,“ aber ich sehe das Problem. Herr Revierinspektor Römer, ihnen stehen 3 Tage Sonderurlaub auf Grund dieses Ereignisses zu, den werden sie ab morgen bis Freitag konsumieren und was sie in ihrem Sonderurlaub machen oder nicht geht niemanden etwas an. Nur…Robert, ein kleiner Tipp, halte dich an die Gesetze, soweit ich weiß, hast du doch eine Nebentätigkeit gemeldet, und zwar hast du doch einen offiziellen Presseausweis bekommen, also würde alles, was dir so zu Ohren kommt grundsätzlich die nächsten 3 Tage unter den Informantenschutz nach dem Pressegesetz fallen und du wärst nicht verpflichtet irgendjemanden anderen davon zu berichten.“ Römer sah in die lächelnden Augen seines Vorgesetzten, „wo sie recht haben Herr Oberst haben sie recht, ich habe alles verstanden, was sie meinten – und Danke für den Sonderurlaub.“

„Ich glaube ich bin im falschen Film, stellen sie dem jetzt auch noch einen Freibrief zum Ermitteln aus?“ Burger verstand die Welt nicht mehr.

„Herr Chefinspektor, das haben sie selbst zu verantworten, wenn sie keine Hilfe wollen, bekommen sie auch keine, also wir verstehen uns und Römer übertreten sie keine Gesetze, ich weiß nicht, ob ich sie dann gegen den“ er deutete auf Burger „wirklich schützen kann. Meine Herren, wenn es weiter nichts gibt ich habe auch noch einiges zu tun. Der Sonderurlaub geht heute noch schriftlich an den Posten Himberg“. Krenn stand auf, gab Römer und Heigl die Hand zur Verabschiedung, nickte Burger zu und verließ den Raum.

„Gut, eines lass dir gesagt sein, ich klebe an die wir eine Klette und sobald du nur den kleinsten Fehler machst, verhafte ich dich und ich werde alles daransetzen, dass sie dich aus der Polizei rausschmeißen“. Burger stand so schnell auf, dass er seinen Sessel umstieß und ohne sich zu verabschieden rauschte er aus dem Raum.

„Burli, Burli“ seufzte Heigl, „da ist die Kacke aber ziemlich am Dampfen. So habe ich den Burger noch nie erlebt. Was hast du denn da nur wieder angestellt. Überlass den Dichand mir, das kläre ich schon, aber du mach dich an die Arbeit, der Typ will dir alles anhängen und der ist dir mindestens 3 Schritte voraus und noch was Burli“ Heigl machte eine kurze Pause, „pass auf dich auf, nicht das ich dann wirklich noch über dich berichten muss“.

Als Römer kurz darauf das Verlagshaus verließ, bemerkte er, dass der Nachmittag schon weit fortgeschritten war. Immer noch kreisten seine Gedanken um das eben erlebte, als ihn das Klingeln seines Handys aus den Gedanken riss. „Na Herr Revierinspektor“ hörte er nun dieselbe Stimme live die er eben noch am Tonband zu hören bekam, „sind wir schon suspendiert? Was hast du jetzt davon, dass du den Helden spielen musstest in der Bank? Uns gings nur ums Geld, und um nichts anderes, aber du musstest ja unbedingt herumballern. Ist dir klar, was du gemacht hast? Ich werde den Fredl rächen, aber keine Bange, du bist erst am Schluss dran. Zuerst kaufe ich mir deine Freunde, deine Nachbarn, deine Familie, einen nach dem anderen, Ich habe Zeit, mich findet der Koffer von Kieberer nie, der da auf mich angesetzt ist. Du wirst leiden, und wie ich dich leiden lassen werde. Jeden Schuss einzeln wirst du an dir spüren, bis du dir wünscht endlich an der Reihe zu sein und dann werde ich da sein und es dich spüren lassen, bis ich dich vielleicht erlöse. Du wirst immer an mich denken…“ Römer setzte zu einer Antwort an, als er merkte das sein Gegenüber aufgelegt hatte. Irgendwie hatte er das Gefühl beobachtet zu werden. Er sah sich auf der Straße um. Die Straße war belebt, vor allem um diese Uhrzeit waren hunderte Autos unterwegs, da die meisten Büros jetzt Feierabend hatten und deren Mitarbeiter alle gleichzeitig nach Hause fahren wollten. Unzählige Passanten gingen an ihm vorbei und unerlässlich schob sich die Autokolonne in Richtung Stadtauswärts an dem Verlagsgebäude vorbei. Mit einem mulmigen Gefühl ging Römer zum Mitarbeiterparkplatz der Zeitung, dankte dem Portier, dass er ihn dort hatte parken lassen und reihte sich dann mit seinem PKW in die langsame Autokolonne ein. Noch im PKW rief er auf seiner Dienststelle an und teilte seinem Freund Rilke mit, was er eben am Telefon erfahren hatte, ersuchte diesen genau die Uhrzeit der Meldung und Warnung zu notieren sowie das er seine Dienstwaffe, die er bei sich trug, ebenfalls nach Hause mitnehmen werde und das er jetzt gleich nach Hause fahren würde. Rilke meinte noch, dass der Befehl über seinen Sonderurlaub bereits eingetroffen war und dass er ihn morgen Vormittag anrufen werde. Immer wieder kreisten die Worte des Anrufers in seinem Kopf, während er langsam bis auf die andere Stadtseite Wiens fahren konnte. Während der Fahrt versuchte er sich

auch die Autos zu merken die hinter ihm fuhren, aber es fiel ihm nichts Verdächtiges auf. Obwohl er für sich beschloss, sich nicht zu viele Gedanken über das letzte Telefonat zu machen, erwischte er sich trotzdem während der gesamten Fahrt, dass er bei jedem Auto, das ihn überholte, sich den Lenker genau ansah und ob ihm irgendetwas Spezielles auffiel. Als er endlich in Simmering ankam, fuhr er auf das Parkdeck. Welches für seinen Wohnblock vorgesehen war und parkte sein Auto auf dem nummerierten Parkplatz. Als er durch die Schrankenanlage gefahren war, bemerkte er seinen alten Freund Fritz, der im selben Haus mit ihm aufgewachsen war und mit dem ihm eine Art von Freundschaft verband. Fritz war zum Chef der Kleinkriminellen in diesem Bezirk aufgestiegen und so wunderte es Römer sehr, dass dieser auf ihn warten dürfte. Fritz löste sich auch sofort von der Schrankenanlage und ging Römer entgegen.
„Hey Robert, bist du dir sicher, dass du nach Hause gehen möchtest?“ fragte ihn Fritz bereits noch bevor sie sich gegenüberstanden.
„Was ist denn los, dass sich der Herr über alle Geschäfte selbst mal auf die Straße bemüht“ versuchte Römer einen Scherz loszulassen.

„Geschäfte sind es nur dann, wenn sie sich auch durchführen lassen, und derzeit steht ein Bullenauto genau vor unserem Haus und 2 dieser Bullen sitzen drinnen und beobachten unser Haus. Kannst du mir vielleicht sagen was da los ist? Die sind im ganzen Haus auf und ab gegangen und haben die Bewohner über dich befragt und du weißt sowas schätzen wir hier nicht sehr “. Kurz setzte Römer seinen Freund über die Geschehnisse der letzten 48 Stunden in Kenntnis und vergaß dabei auch nicht das letzte Telefonat zu erwähnen.

Fritz begann lauthals zu lachen:“ Bullen die Bullen erschießen und dann auch noch weitermachen wollen, das ist doch der größte Witz, den ich je gehört habe. Aber solange ihr euch gegenseitig fertig macht, haben wir wenigstens von euch Ruhe. Aber mal ernsthaft Alter, wann wolltest du mir denn das erzählen? Wir haben doch eine Abmachung und es gefällt mir gar nicht, wenn die Typen bei mir im Bezirk herumspazieren und Staub aufwirbeln“.

„Wie du vielleicht bemerkt hast Aaaalter, bin ich eben nach Hause gekommen, also wann sollte ich dir was davon erzählen? Vergiss die 2, die haben offensichtlich den Auftrag bekommen mich zu beobachten, ihr seid denen wahrscheinlich komplett egal, aber Danke für die Warnung, jetzt weiß ich wenigstens, dass ich bewacht werde und fühle mich schon viel sicherer“ Beide begannen zu lachen und Römer bemerkte, wie die Spannung von ihm abfiel. Hier befand er sich auf geschütztem Terrain und die Mitglieder der Straßenbande würden schon darauf aufpassen, dass sich das Gleichgewicht hier nicht verschieben würde. „Soll ich dir wen zum Aufpassen vor die Türe stellen. Wenn der Typ so gefährlich ist, wie du behauptest, könnte der schon Radau machen.“ „Nein ich denke nicht, dass das notwendig ist, aber Danke für das Angebot, vielleicht komme ich ein anderes Mal darauf zurück“. Sie verabschiedeten sich und Römer ging zu seinem Wohnblock, nicht ohne einen diskreten Blick auf das Überwachungsauto zu werden, das zwar gut getarnt, aber für Einheimische doch relativ schnell zu erkennen war, denn in dieser Straße parkten seit Jahren immer wieder dieselben Fahrzeuge und ein neues Auto fiel daher sehr schnell auf. Besetzt war das Fahrzeug mit 2 unscheinbar wirkenden Männern, die Kaffeetassen vor sich auf der Ablage stehen hatten und sich offenbar auf eine längere

Observation eingerichtet hatten. Naja, vielleicht bringe ich ihnen morgen in der Früh einen frischen Kaffee zum Frühstück runter, dachte Römer bei sich.
Nach einem schnellen Abendessen legte sich Römer einen Plan für den nächsten Tag zurecht und ging dann ins Bett, um sich etwas zu erholen. Nachdem er kurz noch durch einige Kanäle seines Fernsehers gezappt hatte, wurde er langsam müde und schlief unruhig ein.

***

Endlich war es dunkel. Er war ihm bis nach Simmering in einem gestohlenem PKW gefolgt. Und es war so einfach, auch wenn er bemerkte, dass der Kieberer vor ihm mehrmals die Spur wechselte und offensichtlich langsam fuhr, um sein Umfeld beobachten zu können.
Er fuhr ihm in die Pantucekgasse in Kaiser Ebersdorf nach. Kaiser Ebersdorf befand sich im 11.Gemeindebezirk von Wien und grenzte direkt an Schwechat an. Er kannte diese Gegend gut, war er doch hier das erste Mal auf Streife gegangen. Das war aber schon länger her. Er war nur kurz auf dem

Wachzimmer – Kaiser Ebersdorferstrasse, weil er Probleme mit seinem Chef bzw. eigentlich seiner Chefin hatte. Er fuhr in eine kleine Seitengasse gleich zu Beginn der Pantucekgasse ein. Unmittelbar daneben befand sich eine BP-Tankstelle die 24 Stunden offen hatte. Hier trafen sich am Tag die Einwohner der angrenzenden Wohnsiedlungen, um zu tanken oder bei einem Kaffee einen Plausch zu halten, in der Nacht war eher weniger los, aber trotzdem kamen immer wieder Taxifahrer auf eine kurze Pause vorbei. Er würde also nicht dort auffallen. Wieder setzten seine Kopfschmerzen ein, doch diesmal war er vorbereitet. Er nahm aus einer Seitentasche 1 Schachtel Ibumetin, löste eine Tablette heraus und schluckt sie runter. Gleich würden die Schmerzen betäubt werden und er konnte wieder klar denken. Als es komplett dunkel wurde, machte er einen Spaziergang durch die Gasse und bemerkte auf einem Parkdeck das Fahrzeug dieses Kieberers. Auch fiel ihm ein anderer PKW auf, der gegenüber einem Wohnhaus stand, in welchem 2 Männer saßen, welche das Haus offensichtlich beobachteten.

Anschließend ging er wieder zurück zu seinem Auto, öffnete den Kofferraum und nahm aus einer Tasche eine Clock 17 heraus, welche mit einem FD Silencer, einem der modernsten Schalldämpfer, die auf dem Markt waren, ausgerüstet war. Diesen hatte er sich nach dem ersten Banküberfall stolz gekauft. Vielleicht würde man ihn doch mal brauchen. Und jetzt war der Tag gekommen, wo man ihn brauchen konnte. Er zog sich ein Kapuzensweatshirt an und versteckte die Pistole in der Bauchtasche des Sweaters.

Danach zog er sich die Kapuze über, schloss den Kofferraumdeckel und tarnte sich als vermeintlicher Jogger und lief die Straße wieder bergan, bis er kurz vor dem zivilen Polizeiauto anhielt. Danach tat er so als ob er husten musste und ging bis zur Seitenscheibe des PKWs. „Entschuldigen sie, können sie mir bitte helfen, ich war hier bei Freunden zu Besuch und wollte noch ein bisschen joggen und habe mich offensichtlich verlaufen, können sie mir sagen, wie ich zum Rosa Jochmannring zurückkomme?“ hörte er sich sagen. Der eine Polizist öffnete das Seitenfenster und als dieser zu sprechen beginnen wollte, nahm er seine Hand aus der Bauchtasche, in welcher er jetzt seine Clock 17 mit dem aufgesetzten Schalldämpfer hielt, und schoss sofort auf den Polizisten. Da nur ein leichtes Zischen zu hören war, bemerkte der 2.Polizist die Waffe erst, als sein Kollege plötzlich unvermittelt gegen ihn sackte. Überrascht riss dieser noch die Augen auf als ihn ebenfalls ein Schuss traf. Anschließend schoss er noch einmal jedem der Polizisten in den Kopf und legte dann einen Zettel auf die Fensterkonsole des Polizeiwagens, auf welchem in Blockschrift stand: „so ergeht es jedem der mich beobachten möchte".

Augenblicklich war sein Kopfweh verschwunden und es ging ihm gut. Berauscht von seiner Tat, schaute er sich um, ob er irgendwo einen unfreiwilligen Zeugen sehen würde. Als dies nicht der Fall war, ging er leise vor sich ein Kinderlied summend wieder die Pantucekgasse runter, verstaute die Waffe in seiner Tasche im Kofferraum, stieg in seinen PKW und fuhr los. „Zehn kleine Kieberer die waren nur mehr Dreck, 2 habe ich totgeschossen und dann waren sie plötzlich weg"…er begann innerlich zu lächeln, das Spiel hatte begonnen.

***

TAG 3

Gott trennte das Wasser von dem Trockenen und nannte das Wasser Meer und das Trockene Land – am Land ließ er junges Grün wachsen und alle Arten von Pflanzen und Bäumen gediehen und er sah das es gut war

Immer wieder wachte Römer in der Nacht, geplagt von den verschiedensten irrationalen Träumen auf. Manchmal sah er sich selbst als Leiche im Kassenraum der Bank liegen, manchmal sah er in Zeitlupe immer wieder die Schießerei und den zusammengesunkenen Bankräuber und dann waren wieder Minuten voller Schwärze in seinen Träumen.

Plötzlich ertönte ein lauter Knall und Römer wusste im ersten Augenblick nicht, ob der Knall in seinen Träumen oder in der Gegenwart stattfand. Erst als er unsanft von uniformierten Polizisten der Einsatzgruppe WEGA aus dem Bett hochgerissen und auf den Boden geworfen wurde wachte er auf.

„Hey was soll der…" abrupt wurde er am Weitersprechen gehindert als sein Kopf von einem schwarzen Stiefel auf den Fußboden gedrückt wurde. „Halt ja die Goschen du Polizistenkiller, sonst könnte mir jetzt sofort aus

Versehen die Krachn losgehen und niemand würde dir eine Träne nachweinen“ hörte er über sich im breiten Wiener Dialekt sagen. Mittlerweile wurde seine Hände mit Kabelbindern gefesselt und auch seine Beine wurden mit diesen verschnürt.

Irgendwo, vermutlich im Vorraum hörte er die Worte:“ wir haben die Krachn, die liegt noch da“ und dann eine ihm bekannte Stimme: „ich habe es von Anfang an gewusst, nicht nur ein Störenfried, sondern auch ein Kollegenkiller, aber diesmal wirst du dich nicht rausreden können, du bist verhaftet Römer“.

„Burger, ich hätte es mir denken können, dass du ein Feigling bist und nicht einmal selbst kommen kannst, um mich zu befragen. Nein da brauchst du eine ganze Kompanie mit…“

Plötzlich spürte er an seinem Kopf den Lauf einer Waffe – „habe ich dir nicht gesagt du sollst die Goschen halten? Beim nächsten Mal krachts“

„Das möchte ich sehen, wie du das dann rechtfertigst Herr Kollege, nachdem ich mit Kabelbindern da festgezurrt bin, da bist du dann schneller im Häfen als ich ihn sehen werde, denke ich mal“ Ein plötzlich auftretender Kopfschmerz zeigte Römer, dass ihm der Polizist mit seiner Waffe auf den Kopf geschlagen hat „Hoppla san ma beim Aufwachen aus dem Bett gefallen du Arschloch, und was heißt Kollege?“ Irgendetwas im Unterton der letzten Frage ließ Römer aufmerksam werden. „Weil ich auch ein Polizist bin Mister Gescheit, aber das dürftest du ja schon wissen“

Kurzzeitige Stille trat daraufhin ein. „Herr Chefinspektor, der sagt, dass er ein Polizist ist“ hörte Römer eine Stimme rufen.

„Ja und, trotzdem hat er zwei Polizisten im Auto erschossen, was ist dann dabei interessant welchen Beruf, der irgendwann mal ausgeübt hat?“ Burger war offensichtlich ziemlich genervt vom Verlauf seiner Amtshandlung.

„Von einem Kollegen war aber nie die Rede, sie haben nur gesagt ein gefährlicher bewaffneter Polizistenmörder wäre zu verhaften“

„Ist er ja auch, und stellen sie meine Anweisungen nicht in Frage, sondern führen sie einfach ihre Befehle aus, haben sie mich verstanden“, hörte Römer wieder Burgers Stimme. Währenddessen spürte er, wie der Stiefeldruck in seinem Nacken merklich nachließ. Die Kabelbinder an seinen Beinen wurden zerschnitten und links und rechts wurde er langsam hochgehoben und auf sein Bett gesetzt. Vor Römer standen zwei schwerbewaffnete Beamte der Einsatzgruppe WEGA mit Sturmmasken auf ihren Köpfen.

„Danke mal für das jetzt“ wendete sich Römer an die beiden Beamten, „kann mir vielleicht jetzt mal einer sagen was da eigentlich los ist?“

„Das musst du euren Chef fragen, der hat die Leitung, wir sollten dich nur unschädlich machen, bevor du noch jemanden erschießen kannst“ antwortete einer der beiden Beamten.

„Burger ist nicht mein Chef, aber das steht auf einer anderen Karte“. Triumphierend mit Römers Dienstwaffe in den Händen kam Burger nun ebenfalls ins Schlafzimmer. „Römer, Römer ich wusste das du ein Störenfried bist, aber dass du nach einem zweifachen Polizistenmord einfach so ruhig schlafen kannst, überrascht selbst mich noch.“

„Burger, du warst und bist ein Depp. Ich habe einen Bankräuber erschossen, wie du vielleicht weißt, war der ein Polizist. Dass er ein Kollege war, wusste ich nicht zum Hundertsten Mal, und ich denke mal mit dem ganzen Einsatz hier bist du jetzt eindeutig zu weit gegangen, das stehst dienstlich nicht durch“

„Wer redet denn von dem Bankräuber, du hast heute in der Nacht 2 Beamte der OBS-Gruppe vor deinem Wohnhaus in ihrem Auto erschossen, die dich überwachsen sollten und hast sogar noch ein Briefchen hinterlassen, dafür kriegst du lebenslänglich"

Römer wurde es flau im Magen, "was soll ich gemacht haben? Tickst du wirklich so falsch, dass du überhaupt nicht mehr klar denken kannst? Ich habe deine 2 Leute gestern noch im Wagen gesehen, als ich nach Hause kam. Die ganze Siedlung hat sie gesehen, so unauffällig haben sie sich verhalten. Und vorgewarnt wurde ich auch, dass ich beobachtet werde, und da werde ich so dumm sein, vor meinem Haus jemanden erschießen, mich dann in meine Wohnung begeben, mich niederlegen, schlafen und warten bis du Holzkopf kommst und mich verhaftest?" Römer wurde immer wütender.

„Und deine Dienstwaffe hast du nur so per Spaß mit nach Hause genommen, weil du grad mal nichts anderes vorhattest", Burger begann wieder süffisant zu lächeln.

„Burger, irgendwann reichts auch mal mir. Ruf am Posten Himberg an und frag nach, was und wann ich dort gestern am späten Nachmittag dem Postenkommandant

Stellvertreter gemeldet habe und wenn du das erledigt hast, reden wir weiter, und jetzt lass mich in Ruhe hier".

„Du sagst mir nicht, wie ich die Ermittlungen zu führen habe" meinte noch Burger, als er zu seinem Handy griff. Römer meinte Unsicherheit in der Stimme von Burger zu hören. Anschließend verließ Burger die Wohnung, offensichtlich um ungestört telefonieren zu können.

„Könnte mir bitte einer von euch Clowns da die Hände losbinden, oder glaubt ihr wirklich das ich bei geschätzten 20 Polizisten in meiner Wohnung im 5.Stock einen Fluchtversuch wage. Immerhin habt ihr wohl auch mitgehört und ihr kommt mir noch um einiges normaler vor als dieser Burger" wandte sich Römer an die vor ihm postierten WEGA-Beamten.

„Hey es tut mir leid, was da vorher war, aber wenn du falsche Informationen bekommst, reagierst du ein bisschen über, noch dazu, wenn du von einem Polizistenmörder ausgehst" meinte einer der Beamten, offensichtlich derjenige, der zuvor die Nettigkeiten loswurde. „Dreh dich schon um ich mach sie dir gleich ab". Kurze Zeit später war Römer die

Kabelbinder los und begann sich anzuziehen. Überall in der Wohnung waren Kollegen der Tatortgruppe beschäftigt, um etwaige Spuren zu sichern.

Gerade als Römer fertig wurde, kam Burger zurück. „Warum hast du mir das mit dem Telefonat nicht gestern auch erzählt? Immerhin war das doch eine Drohung, die uns alle anging? Und wer hat das veranlasst, das der“, er deutete auf Römer, “nicht mehr gefesselt ist, sondern sich frei bewegen kann?“ „Weißt was Chefinspektor, machts euch das unter euch aus. Das ist doch ein Kasperltheater, wenn man schon Kollegen als Polizistenkiller bezeichnet, nur um dem anderen eines auszuwischen, Komm Gustl lassen wir den Kasperl da allein, oder haben sie Angst Herr Chefinspektor?“

Burger schaute dem Wega Beamten nach, der sich einfach umdrehte und gemeinsam mit seinem Kollegen die Wohnung wieder verließ.

Irgendwie stand Burger plötzlich mit Römer allein in dessen Schlafzimmer. „Der Rilke hat deine Geschichte bestätigt und mir das auch mit der Dienstwaffe berichtet. Zu diesem Zeitpunkt konntest du noch gar nicht wissen, dass ich das BKA ersucht habe, deine

Wohnung zu observieren. Aber es ist schon auffallend, wie in deinem Umkreis plötzlich die Polizisten sterben, meinst du nicht?"

„Was mich mehr an der Tatsache stört, ist, dass der Typ offensichtlich weiß, wo ich wohne und sich dann auch noch an 2 BKA-Beamte ranmachen kann, um diese zu ermorden. DAS sollte mal dir zu denken geben, Burger, der ist uns immer einen Schritt voraus und du reagierst genau in seinem Sinn und ich muss dir beweisen, dass ich unschuldig bin, und du nimmst dir nicht einmal die Mühe auch nur ein bisschen logisch nachzudenken oder zu kombinieren. Der Typ ist auf Rache aus und möchte die ganze Welt dafür bezahlen lassen, dass der Banküberfall schief ging. Und dann lässt noch meine Türe einschlagen und du informierst die WEGA noch dazu absichtlich schlecht, damit sie mich vielleicht sogar abknallen. Geht's eigentlich noch bei dir?"

Burger machte ein betretenes Gesicht. „Die Türe bekommst du ja ersetzt, aber es war doch alles so naheliegend, und dann noch die schriftliche Nachricht"

„WAS WAR ALLES SO NAHELIEGEND DU VOLLIDIOT", Römer konnte sich nicht mehr zurückhalten „NAHELIEGEND DAS

ICH 2 POLIZISTEN ERSCHIESSE? Schleich dich aus meiner Wohnung, aber ganz schnell und nimm die ganzen Kollegen gleich mit, sonst überleg ich mir wirklich noch eine Dienstaufsichtsbeschwerde gegen dich und bring dich in die Zeitung!" In der Wohnung war es still geworden und obwohl die gesamte Tatortgruppe noch in der Wohnung aufhältig war, konnte man das Keuchen von Burger deutlich hören.

Mit einer Kopfbewegung deutete Burger den Beamten der Tatortgruppe, dass sie fertig wären und als diese die Wohnung verließen, schloss sich Burger dem Tross als letzter an. „Tut mir leid, echt leid" flüsterte er im Vorbeigehen, „ich habe nur die toten Kollegen gesehen und bin „ausgerastet", danach versuchte er die offenstehende Wohnungstür irgendwie wieder zu verschließen, was ihm jedoch nicht ganz gelang.

Von seinem Balkon aus, hatte Römer einen guten Blick auf das Auto mit den toten Kollegen. Irgendwer hatte ihre Gesichter zugedeckt, aber man konnte erkennen, dass sie Kopfwunden hatten.

Die gesamte Pantucekgasse war abgesperrt worden und zu den eifrig arbeitenden Spurensicherer der Tatortgruppe gesellten sich die Beamten, die eben noch in seiner Wohnung anwesend waren. Sie sprachen mit den anderen Beamten und zeigten dabei immer wieder auf Burger, der etwas abseitsstand, und mit jemanden zu telefonieren schien. Römer konnte bis zum Straßenbeginn schauen und auch in die andere Richtung, wo sich eine Straßenbahnhaltestelle und 2 Gärtnereien befanden. „Woher bist du gekommen“ dachte er bei sich. Wie würde er es machen, wenn er ihm gefolgt wäre. Entweder kennst du die Gegend, oder du wärst genauso schnell aufgefallen wie die 2 armen toten Polizisten auf der gegenüberliegenden Straßenseite. Langsam schaute Römer auch auf das Parkdeck, wo sein PKW stand als er seinen Freund Fritz bemerkte, der wieder auf seinem Stammplatz saß und ihm eifrig winkte.
Römer deutete ihm das er raufkommen solle und Fritz erhob sich und schlenderte zu dem 5-stöckigen Wohnhaus. Oben angekommen, flog Fritz ein leichtes Lächeln über die Lippen, „na die haben aber ganz schön gewütet“ meinte er noch als er die Wohnung betrat.

„Weißt du wen, der das schnell reparieren kann? Ich will sie nicht tagelang so offenstehen haben."

„Lass mich nur machen, ich organisiere dir was. Du kriegst auch neue Schlüsseln und in der Zwischenzeit stelle ich jemanden ab der aufpasst, dass keine bösen Buben ungebeten dir einen Besuch abstatten. Aber ich habe was anderes für dich. Einer meiner Jungs hat mir erzählt, dass er gestern Abend einen PKW unten bei der Tankstelle in der Seitengasse mit Badener Kennzeichen gesehen hat, und der kam im absolut nicht koscher vor. Er dachte mehr daran, dass der vielleicht bei uns wildern wollte, also hat er ihn beobachtet und sich das Kennzeichen notiert. BN-432LK, falls es dich interessiert. Als mein Junge zur Tankstelle kam, war niemand bei dem Auto, also hat er sich auf einen Gspritzten ins Café gesetzt. Nach so 30 Minuten kam ein Mann mit einem dunklen Hoodie zu dem PKW, verstaute irgendetwas im Kofferraum, hat sich dann relativ genau umgesehen, und fuhr danach weg. Das Gesicht von dem Typen hat er nur kurz gesehen, als der ins Auto eingestiegen ist, und er hat gedacht, dass er den Typen hier schon mal gesehen hat, war sich dann aber nicht mehr sicher, weil es ja nur kurz gewesen ist. Als er hörte, was bei uns da passiert ist, hat er mich gleich angerufen und ich wollte zu dir rauf kommen, als ich plötzlich eine Armada von Polizei gesehen habe, wie sie deine Wohnung gestürmt haben, da habe ich mich gleich wieder verzogen."

Römer notierte sich schnell das erwähnte Kennzeichen auf einem Notizblock," Danke dir, bin dir was schuldig. Ich werde mal das Auto überprüfen lassen, vielleicht hilft es uns ja weiter, und Danke für die Tür…"Plötzlich begann das Handy wieder zu läuten und ein „Unbekannter Anrufufer" wurde am Display angezeigt.

„Fritz, warte mal, ich denke du solltest eventuell mithören"…"Römer, wer spricht?" meldete er sich am Telefon, während er auf Lautsprecher umschaltete.

„Guten Morgen, Herr Inspektor, wie war das Aufwachen? Hat ihnen mein nächtlicher Gruß gefallen? Sie spielen unfair, wenn sie sich von der Polizei bewachen lassen…" klang die Computerstimme aus dem Handylautsprecher.

„Sie kranker Perversling, was bringt ihnen das, wenn sie Polizisten erschießen? Ist ihnen klar, was sie damit losgetreten haben? Vorher waren sie nur ein gescheiterter Bankräuber, jetzt sucht sie jeder uniformierte und zivile Polizeibeamter in ganz Österreich, glauben sie echt, da haben sie noch eine Chance?", Römer versuchte den Anrufer zu provozieren.

„Aber Herr Inspektor, mach dir nicht gleich in die Hose, ich krieg dich schon noch, aber vorher will ich dich noch ein bisschen zappeln sehen, und ich weiß auch schon wie, dir sagt doch sicher eine Adresse in Oberpullendorf etwas oder sagen wir noch genauer – Haselnussweg 3. Ich werde in 2 Stunden dort sein und mich weiter amüsieren…warum denn plötzlich so still Herr Inspektor, ich merke schon, die Adresse ist doch nicht ganz so unbekannt, also Waidmannsheil mein lieber Römer, Waidmanns Heil" Römer hörte noch das irre Lachen des Anrufers als die Verbindung unvermittelt unterbrochen wurde.

„Sag mal Robert, wohnen nicht deine Eltern in Oberpullendorf?" „Genau, das ist es was mich grad nachdenken lässt. Woher hat der Typ eigentlich seine Informationen, Du sorry Fritz, jetzt zählt jede Minute, ich muss nach Oberpullendorf. Ich verlasse mich auf dich, dass du hier alles im Griff hast, ach ja und ich brauche eine saftige Rechnung für die Türe, das sollen die Idioten von der Kriminalpolizei zahlen."

„Soll ich mitfahren, vier Augen sehen manchmal mehr als nur zwei"

„Du Danke Fritz, ich mach das schon, es könnte heiß werden und ich mag dich da nicht reinziehen. Es war schon wichtig, dass du mitgehört hast und dich um meine Wohnung kümmerst, der Rest gehört mir...:"

Römer riss den Zettel vom Notizblock, auf der er das Kennzeichen notiert hat, lief in sein Arbeitszimmer, und nahm seine 357 Ruger aus dem dort versteckten Waffensafe, sowie 2 Packungen Reservepatronen. Ebenso nahm er 2 voll munitionierte Glock-Magazine aus dem Safe, schnappte sich seine Dienstwaffe und die Autoschlüssel und rannte aus der Wohnung. Römer versuchte so schnell als möglich die fünf Stockwerke in seinem Wohnhaus zu überwinden und als er aus der Haustüre trat, sah er, dass die Spurensicherung offenbar schon ihre Arbeit erledigt hatte. Gerade war ein Abschleppwagen damit beschäftigt, das Dienstfahrzeug der ermordeten Beamten aufzuheben und abzutransportieren. Daneben standen nur mehr 2 Streifenwagen, die die Zone absicherten, sonst waren keine Polizeibeamte mehr zu sehen.

Römer rannte zu dem Parkdeck, setzte sich in seinen PKW und fuhr mit quietschenden Reifen aus dem Parkdeck auf die Pantucekgasse in Richtung des nahen gelegenen Autobahnzubringers. Währenddessen rief er bei seiner Himberger Dienststelle an und erzählte seinem Kollegen Rilke die ganze erlebte Geschichte und bat ihn um eine Zulassungsanfrage über das Kennzeichen, welches er sich notiert hatte. Rilke versprach ihm das zu erledigen und auch, dass er sofort im Burgenland anrufen und 2 Polizeipatrouillen zu seinem Elternhaus beordern lassen werde. „Sag denen aber, dass die auch auf sich aufpassen sollen, der Typ hat schon zwei Kollegen auf dem Gewissen, wir brauchen keinen dritten toten Polizisten“ meinte er noch abschließend.“ „Du ich bin auch schon ein paar Monate bei der Polizei, ich weiß schon, was ich mache, also lass mich arbeiten“ meinte Rilke noch bevor er auflegte.

„Römer“ meldete sich die rauchige Stimme seines Vaters am Telefon, als er diesen ebenfalls aus dem Auto anrief, „Dad ich habe keine lange Zeit für Erklärungen und werde euch alles erzählen, wenn ich in Oberpullendorf bin. Nur so viel, nimm bitte deine Walther PPK aus dem Schrank, lade sie durch, nimm die Mutter und fahre zu irgendwelchen Freunden wo ihr kurz mal bleiben könnt. Ich rufe dich dann an und komme zu euch. In der Zwischenzeit sollten auch bald 2 Polizeistreifenwagen vor eurem Haus auftauchen. Sobald die da sind, sag einem der Beamten das er mich anrufen soll, und ich werde dem dann alles genau erklären worum es geht, und bitte stell keine Fragen, mach es einfach, ok?"

Kurze Zeit war es still am anderen Ende der Leitung, „hat das, was mit der Geschichte mit dem Bankraub zu tun?"

„Ja hat es, und darum ist es jetzt wichtig, dass ihr genau das macht, worum ich euch bitte".

„Gut, aber ich erwarte dann schon eine ausführliche Erklärung", im Hintergrund hörte Römer das Klingeln an der Haustüre, „warte mal, da stehen gerade Streifenwagen von der Polizei vor der Türe, dann kannst du gleich direkt mit denen sprechen". Römer hörte, wie sein Vater zu der Eingangstür ging, diese öffnete und ihm offensichtlich dabei das Telefon aus der Hand fiel. Danach hörte er wie sein Vater zu dem Beamten sagte:" Verzeihung, warten sie mein Sohn möchte noch mit ihnen sprechen ich hab's gleich auf," als plötzlich ein Schuss hörbar war und jemand aufschrie.

Weiterhin war das Telefon seines Vaters eingeschalten und so konnte er hören, wie mehrere Schüsse abgefeuert wurden und ein offensichtlich geschockter Vater wieder ins Telefon sprach, "Robert, der Polizist wurde angeschossen. Ich habe mich gerade gebückt und wollte das Telefon aufheben, als irgendwer geschossen hat. Deine Mutter ist im oberen Stock, ihr dürfte nichts passiert sein, aber der Polizist liegt vor unserer Eingangstüre."
Währenddessen waren im Hintergrund mehrere Schüsse und Rufe zu vernehmen.
„Bleib unten am Boden", schrie Römer ins Telefon, und krieche von der Türe weg zu irgendeiner fensterlosen Wand, und dort bleibst du bis die Polizei Entwarnung gibt, ich bin bereits am Weg zu euch…" Plötzlich wurde die Verbindung unterbrochen.
Römer beschleunigte seinen Wagen und fuhr mit absolut überhöhter Geschwindigkeit auf der Autobahn in Richtung Oberpullendorf.
„Das Kennzeichen, dass du mir gesagt hast, ist seit gestern in der Früh als mitsamt des dazugehörenden PKWs gestohlen gemeldet" teilte ihm Rilke über die Freisprechanlage in seinem PKW mit. Römer informierte seinen Freund und Kollegen über die Ereignisse aus dem Burgenland und das er hoffte, nicht auch

noch durch irgendwelche eifrigen Kollegen auf der Autobahn aufgehalten zu werden, da er mit mehr als überhöhter Geschwindigkeit fuhr und schon von mehreren anderen Verkehrsteilnehmern wütend angeblinkt wurde, wenn er sie überholte. „Lass mich das Regeln, und du pass beim Fahren auf, es bringt niemanden etwas, wenn du einen Unfall baust“ danach legte Rilke wieder auf.

Römer versuchte mehrmals wieder bei seinen Eltern anzurufen, jedoch wurde sein Anruf nicht entgegengenommen. Unruhe breitete sich in ihm aus. Nach einigen weiteren unerfolgreichen Wiederholungen, drückte er auf die Wiederwahltaste, und endlich hob jemand ab „Abteilungsinspektor Prackler, wer spricht da“, Römer spürte, wie es um ihn kalt wurde.

„Revierinspektor Römer, wäre es möglich mit meinem Vater zu sprechen“ antwortete Römer auffallend leise.

„Ah du bist der Kollege aus Himberg, auf den wir warten sollen. Tut mir leid, aber dein Vater…“ Römers Bauch schrumpfte zu einem Eisklumpen „ist mit deiner Mutter mit einem Streifenwagen von uns zur Dienststelle nach Oberpullendorf gebracht worden. Allerdings habe ich hier zwei zerschossene Polizeiwagen, einen toten und einen schwer verletzten

Kollegen und eine Alarmfahndung nach einem unbekannten Schützen, laufen. Kannst du mir vielleicht nähere Sachen für die Täterbeschreibung liefern? Wir wissen eigentlich nicht was hier plötzlich los ist?“ Römer gab dem Beamten am Telefon eine kurze Zusammenfassung über die Ereignisse der letzten zwei Tage und beendete das Gespräch mit dem Hinweis, dass er bereits auf Höhe Neutal sei und in knapp 5 Minuten bei seinem Elternhaus eintreffen werde.

***

Eigentlich hatte er sich das etwas anders vorgestellt. Wieder war er auf der Flucht. Dabei war es doch so einfach gewesen. Die Adresse in Oberpullendorf hatte er aus dem ZMR (Zentrales Melderegister) bekommen. Datenschutz, lachhaft. Er ist mit dem Passwort vom „Fredl“ eingestiegen. Offensichtlich haben die Kollegen von der Computerabteilung noch nicht mitbekommen, dass der Fredl erschossen worden war. Als Nebenwohnsitz des Kieberers war Oberpullendorf angegeben und an derselben Adresse waren auch noch seine Eltern gemeldet.

Danach war er mit dem gestohlenen PKW ins Burgenland gefahren. Zuerst musste er den Haselnussweg suchen und dann eine Stelle, von wo er genaue Sicht auf das Haus hatte. Ortsende perfekt, dachte er noch, als er sich in einem ca. 100 Meter entfernten Windschutzgürtel niederließ. Aus dem Kofferraum holte er sein Scharfschützengewehr der Marke Steyr AUG3 Sniper. Das hatte er sich vor einiger Zeit über den „Fredl" besorgen lassen. Der hatte Verbindungen zur Firma Steyr. Sogar die Swarovski Optik hatte der Fredl noch verbessert.

Nachdem er es sich in dem Windschutzgürtel halbwegs bequem gemacht hatte, rief er bei dem „Kieberer" an. Dessen Reaktionen waren vorhersehbar gewesen. Vor allem glaubte der wirklich, er käme erst in einer Stunde in Oberpullendorf an.

Er nahm die Eingangstüre des Einfamilienhauses ins Visier und wartete. Nach ca. 10 Minuten kamen plötzlich 2 Streifenwagen der Polizei bei dem Einfamilienhaus an. 2 Beamte stiegen aus und zwei blieben in den Autos sitzen. Nun wurde er ruhig. Er entsicherte sein Gewehr und begann ruhig zu atmen, wie er es beim Jagdkommando gelernt hatte.

Mitzählen beim Atmen, im Einklang mit der Waffe werden….

Der eine Polizist läutete an der Eingangstüre, nach kurzer Zeit öffnete ein älterer Mann mit einem Telefon in der Hand diese Türe. Groß erschien der Kopf des Mannes in seinem Zielfernrohr. Er hielt den Atem an, zählte von 3 runter und drückte den Abzug, doch plötzlich war der Kopf des Mannes verschwunden und der Kopf des Polizisten war im Zielfernrohr zu sehen.

Dann sah er, wie der Polizist umfiel und der ältere Mann sich ins Haus zurückzog. Schnell richtete er das Gewehr neu aus, und versuchte durch die Fenster in das Innere des Hauses zu sehen, als in seiner Nähe plötzlich Projektile einschlugen. Er sah, den zweiten Polizisten über das angrenzende Feld zu seinem Windschutzgürtel laufen. In der Hand hielt der Polizist ein Sturmgewehr, mit dem die Polizisten neu ausgerüstet worden waren. Während des Laufes schoss der Polizist ungezielt Einzelschüsse in Richtung des Windschutzgürtels. Schnell richtete er die Waffe erneut aus und schoss diesmal auch ungezielt. Der Polizist fiel mit einem Aufschrei um und das Schießen hörte kurzzeitig auf. Doch plötzlich brach die Hölle los. Die anderen

Polizisten hatten ebenfalls Sturmgewehre aus den Streifenwagen geholt und schossen im Dauerfeuer auf den Windschutzgürtel, wo er sich versteckt hatte.
Zu groß war nun die Gefahr für ihn, durch diese große Anzahl von Projektilen getroffen zu werden, und auch der dritte Polizist, den er eigentlich getroffen hatte, begann erneut, nun viel näher und gezielter zu schießen.
Er kroch langsam zurück und gab noch ein paar ungezielte Schüsse auf die Streifenwagen ab. Nach einigen Metern erhob er sich, nahm seine Waffe auf und lief zu dem in der Nähe geparkten Fahrzeug. Hinter sich hörte er weiter die Schüsse der Polizisten und die Einschläge der Projektile in den Bäumen. Diese waren aber viel zu weit entfernt, um ihn auch nur annähernd gefährden zu können.
Als er im Wagen saß, dreht er das mitgebrachte Funkgerät auf und stellte es auf den Burgenländischen Kanal ein. Dort überschlugen sich die Stimmen, und er konnte hören, dass ein Polizist tot war und der zweite offenbar schwer verletzt war. Der dürfte eine Kugelsichere Weste getragen haben, die die Wucht des Geschosses offenbar abgefangen hatte.

Als er wegfuhr, hörte er plötzlich das Kennzeichen seines gestohlenen PKWs am Funk, als angebliches Täter- und Fluchtfahrzeug. Wie ist das denn möglich, dachte er bei sich, das ist doch unmöglich. Er schlug mehrmals mit der Hand gegen das Lenkrad. Sofort fuhr er wieder in den schützenden Wald, da er von allen Seiten die Polizeisirenen der zufahrenden Streifenwägen hörte.
Der Feldweg, den er benutzte, führte ihn zu einem leerstehenden Gutshof zwischen Oberpullendorf und Groß-Warasdorf. Dort stellte er den PKW in einer Scheune ab und nahm seine Waffen, das Funkgerät und seinen Rucksack aus dem Fahrzeug. Anschließend stopfte er trockenes Heu, welches er in der Scheune vorfand in den PKW und zündete dieses an. Sofort breiteten sich die Flammen aus und Rauch füllte den Innenraum des Fahrzeuges aus.
Danach verließ er die Scheune, verschloss das Scheunentor und beschloss durch den Wald zu laufen, bis er sich sicher sein konnte, entkommen zu sein.
Wieder breiteten sich die Kopfschmerzen aus, und er nahm schnell eine Tablette aus seinem Rucksack die er sofort schluckte. Bitterer Geschmack machte sich in seinem Mund

breit. Erneut war er nicht an sein Ziel gelangt, aber wenigstens hatte er wieder einen Polizisten im Umfeld des Kieberers erwischt. Die Kopfschmerzen verschwanden und ein Grinsen machte sich auf seinem Gesicht breit.
4 kleine Kieberer, die kamen zu dem Haus, einer ist dort liegen geblieben, für den war die Sache aus…immer wieder kam er zu dem alten Kinderlied zurück, das er der kleinen Tochter vom Ferdl bei jedem Besuch vorsingen musste. Nur der Text war damals ein anderer gewesen. Er lief weiter und immer weiter, und die Sirenen der Polizeiwagen wurden mit der Zeit immer leiser.

***

Als Römer beim Kreisverkehr von Stoob/Süd angekommen war, wurde er bereits das erste Mal von einer Polizeistreife angehalten und nach Überprüfung seiner Personalien ersucht, gleich direkt zum Polizeiposten Oberpullendorf zu fahren. Dieser lag inmitten des Ortszentrums. Römer fuhr aber zuerst zum Haselnussweg, wobei er auf dem Weg dahin mehrmals von Polizisten angehalten wurde.

Mittlerweile war die Spitalstrasse, die in Richtung Groß-Warasdorf führte, völlig abgesperrt. Er sah Einsatzbeamte der Sondereinheit Cobra, Diensthundeführer und mehrere zivile Einsatzwagen, offensichtlich von der Kriminalabteilung rund um das Haus seiner Eltern platziert.
Nachdem er seinen Ausweis gezeigt hatte, durfte er bis zur Kreuzung mit dem Haselnussweg vorfahren, wo er sich einen Parkplatz suchte und ausstieg. Unmittelbar vor dem Haus lag ein zugedeckter Körper, offensichtlich der Beamten, welcher während seines Telefonates mit seinem Vater erschossen wurde. „Dieser Irrsinn muss irgendwie aufhören", dachte er bei sich als er plötzlich seinen Namen hörte. Als er sich umdrehte, sah er plötzlich die großgewachsene Gestalt von Oberst Schrall auf ihn zukommen. „Römer, Römer, was mache ich nun mit dir", meinte dieser noch bevor er bei ihm angelangt war. Ursprünglich war Schrall in der Personalabteilung des Polizeikommandos Niederösterreich eingesetzt, als die Stelle des Leiters der Landeskriminalamtes Burgenland frei wurde, bewarb er sich dort und bekam auch diesen Posten auf Grund seiner Bewertung zugeteilt.

„Jetzt bin ich extra ins Burgenland gegangen damit ich dich loswerde, und jetzt habe ich dich wieder am Hals“, meinte Schrall nicht ganz unfreundlich, kannten sich die Beiden ja bereits seit längerem. „Glaub mir Oberst, mir wäre es andersrum auch lieber“ entgegnete Römer und reichte Schrall die Hand.

„Jetzt erzähl mal genau was da abgeht, wir wissen ja nur Bruchstücke und ich brauche mal einen genauen Überblick, warum dieses Chaos hier überhaupt passiert, ist“.

Römer setzte Schrall in Kurzform in Kenntnis und erzählte diesem, was sich in den letzten beiden Tagen ereignet hatte.

„Der Burger war immer schon ein Depp, da mach dir mal nichts draus, aber 3 tote Polizisten sind schon ein Ding. Da müssen wir uns mit den Wienern und Niederösterreichern kurzschließen. Woher wusste der Typ eigentlich die Adresse deiner Eltern?“

„Das ist mir selbst noch ein Rätsel – aber Oberst siehst du dort die Rauchsäule im Wald – das ist hinten beim alten Gutshof, da haben wir als Jugendliche uns immer heimlich getroffen, da brennt was ziemlich stark und der Rauch wird immer dunkler.“

Schrall sah in die erwähnte Richtung, nahm sein Funkgerät zur Hand und gab einige dienstliche Anweisungen, an die herumfahrenden Polizeistreifen. „Du kennst dich da in der Gegend aus, komm mit mir mit, wir schauen uns das mal an, wir nehmen gleich meinen Wagen". Römer rannte hinter Schrall zu dessen Wagen nach und wollte bei der Beifahrerseite einsteigen, „Du fährst, du kennst dich da aus" meinte Schrall sofort. Während sich Römer den Sitz noch richtete, gab Schrall bereits seine Absicht über Funk bekannt und orderte auch gleichzeitig die Feuerwehr, da es sich offensichtlich um einen größeren Brand handelte.

Mit weit überhöhter Geschwindigkeit fuhr Römer vom Haselnussweg in Richtung Groß-Warasdorf, „welchen dienstlichen Status hast du eigentlich jetzt gerade? Freizeit oder Dienstzeit?" fragte in Schrall beiläufig. „Sonderurlaub, damit ich den Erhebungen vom Burger nicht im Wege steh." grinste Römer.

„Vergiss es, ab sofort bist du im Dienst, ich klär das dann mit dem Krenn ab". Als Römer auf den Feldweg mit überhöhter Geschwindigkeit einbog, musste sich Schrall als Beifahrer am Haltegriff des Fahrzeuges festhalten. Von weitem konnten sie bereits erkennen, dass das Dach der Scheune am Gutshof bereits brannte. Das Scheunentor stand offen und gab die Sicht auf den brennenden PKW frei.

Sofort fiel Römer das Kennzeichen auf, welches noch gut erkennbar war. „Pass auf, wenn du aussteigst“, warnte er Schrall, „das ist das Täterfahrzeug. Genau das Kennzeichen, das ich in Wien bekommen habe, aber warum hat der das Auto angezündet, der kann doch niemals wissen, dass wir sein Kennzeichen haben, sonst wäre er damit ja nicht ins Burgenland gefahren, irgendwas passt da nicht“.

Römer stieg langsam aus dem Dienstfahrzeug aus und stellte sich neben den Kriminalbeamten. Aus einiger Entfernung konnten sie bereits die Sirene der Feuerwehr hören, sowie einige Einsatzwagen. „Das gibt doch alles keinen Sinn, warum zündet der sein Fluchtfahrzeug an, wenn er…“mitten im Satz brach er ab und schaute Schrall ins Gesicht, während beide fast gleichzeitig sagten, „der hört unseren Funk ab“.

„An alle eingesetzten Einheiten, ab sofort ist Funkstille auf den offenen Kanälen zu halten. Alle Einheiten umschalten auf digital Kanal nach Schema „Burgenland 35“ und dort auch nur mehr Alarmmeldungen. Alle weiteren Anweisungen sind über die Diensthandys einzuholen. Hier spricht KA100 (Code für den Leiter des Landeskriminalamtes), dies gilt für den gesamten Bezirk Oberpullendorf bis auf Widerruf."

Er wandte sich zu Römer: „jetzt hoffe ich mal, du hast recht und der Typ kommt aus Wien oder Niederösterreich, dann hört er jetzt am Funk außer Rauschen gar nichts mehr. Wenn er aus dem Burgenland kommt, haben wir Pech, denn jedes Bundesland hatte eigene Zerhackercodes die man in die neuen Funkgeräte eingeben konnte. Aber schauen wir mal."

Zwischenzeitlich war die Feuerwehr aus Oberpullendorf eingetroffen und begann die Scheune zu löschen. Adieu Spuren, dachte Römer bei sich, als sein Telefon wieder zu läuten begann.

Nach einem kurzen Blick aufs Display, deutete er Schrall, dass dieser schnell zu seinem Standort zurückkommen sollte. Kurz danach hob er ab – „wir spielen schon wieder mit unfairen Mitteln Herr Inspektor, ich dachte, ich kann mich auf dich verlassen. Den Bullen hätte es eigentlich nicht erwischen sollen, aber ein weiterer Kollateralschaden auf deiner Rechnung, wie viele müssen es denn noch sein?" der Anrufer begann zu lachen. „Aber ihr könnt euren Funk ruhig benützen, ich bin nicht mehr in eurer Gegend, da könnt ihr noch lange suchen, aber du wirst nie sicher sein vor mir. Das Spiel ist noch nicht aus und ich habe vor es noch sehr lange zu spielen“, wieder begann der Anrufer zu lachen und legte dann unvermittelt auf, noch bevor Römer eine Antwort geben konnte.

„War er das“, fragte Schrall.

„Yes wie er leibt und lebt, und es hat sich angehört, dass er tatsächlich wieder in einem Auto sitzt und fährt. Die Idee mit dem Funk war offensichtlich richtig, das heißt wir sind auf der richtigen Spur. Das muss auch ein Polizist sein, oder er muss ein Funkgerät irgendwo gestohlen haben, dass müsste aber doch auch bekannt sein, wenn ein Funkgerät abgeht.“

„Einer der neueren Funkscanner macht das auch, aber eben nicht die digitalen Kanäle, die schafft noch kein Scanner. Ich nehme an, du bleibst heute hier im Burgenland und möchtest deine Eltern noch besuchen. Nimm dir Zeit, die sitzen am Posten und Warten dort auf dich. Morgen um 09.00 Uhr kommst du nach Eisenstadt. Bis dahin habe ich mich mit den anderen Dienststellen kurzgeschlossen. Ab sofort bist du mir zugeteilt. Nimm dir

meinen Wagen und fahr ihn zurück zu eurem Haus und stell ihn dort ab, ich komm schon von hier weg," Schrall deutete auf die mittlerweile zahlreich eingetroffenen Polizisten.
Römer nickte und ging dann zum Dienstwagen der Kriminalabteilung zurück. Plötzlich fuhr es ihm heiß in die Glieder, er drehte sich um und sprintete zu dem Dienststellenleiter zurück. „Ernstl, der ist noch in der Gegend, wo hat der auf einmal 2 Autos her? Mit dem Auto ist er gekommen, das ist Fakt" Römer deutete auf das ausgebrannte Autowrack in der Scheune, „und mag er auch noch so gut sein, er kann nur mit einem Auto gekommen sein, also kann er den neuen Wagen nur entweder in Oberpullendorf oder Groß Warasdorf gestohlen haben. Die Kollegen sollen vor allem die Grenze nach Ungarn dicht machen so gut es halt geht und hoffen wir mal er kennt die Schleichwege dorthin nicht."
Schrall nickte und gab die diesbezüglichen Anweisungen nun über den digitalen Funk durch und schickte auch gleichzeitig einige der herumstehenden Streifen in die Nachbarortschaften, um so schnell wie möglich herausfinden zu können, woher das neue Fluchtfahrzeug des Täters stammte. Anschließend ging Römer zu dem Wagen und fuhr zu dem

Haus seiner Eltern, wo er seinen Privat-PKW abgestellt hatte. Dort wechselte er die Autos und fuhr zum Polizeiposten in Oberpullendorf. Während der Fahrt rief er seine Dienststelle in Himberg an und ließ sich gleich zu seinem Freund Rilke durchstellen. „Sag einmal, kannst du mir mal sagen, was du da aufführst" wurde er noch ohne Begrüßung von Rilke gefragt.

„Bei mir läutet permanent das Telefon. Burger ist aus dem Häuschen wegen dir. Ich bekomme eine Zuteilung nach der anderen auf den Tisch, so schnell kann ich sie gar nicht eintragen und ehrlich gesagt, ich kenne mich überhaupt nicht mehr aus. Über das Kommando kam so eben die Anweisung, dass du ab sofort zur Kriminalabteilung Burgenland zugeteilt bist und von denen habe ich noch nicht einmal was Schriftliches bekommen, ist das wieder einmal so eine Strichi-Aktion, die ich dann wieder auszubaden habe?"

Römer gab Rilke einen kurzen Überblick über die Ereignisse der letzten Stunden. „…und noch was Reiner, wir sind der Annahme, dass der Täter entweder ein Wiener oder Niederösterreichischer Polizist sein muss. Er dürfte auch ein Funkgerät haben. Du hast doch gute Verbindungen nach Schwechat. Kannst du

mal ganz besonders nachfragen, ob denen heute nicht möglicherweise ein Funkgerät abgeht, oder ob es irgendwelche Vorfälle mit einem Funkgerät am Überfallstag gab? Damit wären wir dann schon einen Schritt eventuell weiter. Aber sei vorsichtig und vor allem seid alle vorsichtig in Himberg. Ich weiß nicht, was der Psychopath noch vorhat.
Der geht auch über Polizisten-Leichen wie wir mittlerweile wissen. Bei jedem Einsatz, jedem noch banalen Telefonat, habt derzeit im Hinterkopf, dass sich der Typ rächen möchte."
„Na das sind ja super Aussichten, aber ich werde es sofort weitergeben. Und das mit Schwechat geht in Ordnung, ich habe da den Richtigen, den ich fragen kann."
Römer legte auf und während er über die Spitalsgasse durch Oberpullendorf in Richtung Polizeidienststelle fuhr, kreisten die Gedanken in seinem Kopf. Irgendetwas hatten sie übersehen. Derzeit waren es nur Reaktionen, die sie setzten und der Täter überschüttete sie mit Aktionen, sodass sie einfach nicht wirklich zum Nachdenken kamen. Kaum waren sie mit einer Geschichte halbwegs durch, kam die nächste Aktion und wieder mussten sie standardmäßig reagieren. Reaktion –

Ablenkung – wir müssen zurück zum Ursprung, dachte Römer bei sich. Banküberfall, welcher Polizist macht mit einem völligen Unbekannten einen Banküberfall? Niemand halbwegs vernünftiger. Das macht man nur mit seinem Freund, einem Kollegen, den man lange kennt, mit dem man verbunden ist auf Feuer und Gedeih. Wir müssen Aktionen setzen und vom Gejagten zum Jäger werden, aber welche? Plötzlich kam ihm eine Idee, aber würde Burger dabei mitspielen. Zuerst aber würde er Schrall davon überzeugen müssen, vielleicht könnte der mit Burger besser umgehen als er.

Beim Polizeiposten angekommen, fand er sofort einen Parkplatz, da offensichtlich alle Dienstfahrzeuge noch unterwegs und mit der Fahndung beschäftigt waren. Er fand den Posten versperrt vor. Als er läutete, öffnete ihm der Kommandant Herbert Prackler die Postentüre. „Schön, dass du auch einmal hergefunden hast, auch wenn die Umstände nicht wirklich die Besten sind, geh gleich nach rückwärts, du wirst dort schon erwartet", wurde er begrüßt. Römer reichte ihm die Hand und ging dann durch den Eingangsbereich des Postens in die hinteren Zimmer der Dienststelle. Im sogenannten Sozialraum, besser gesagt des Freizeitraumes fand er dann seine Eltern. Er umarmte seinen Vater und grüßte dann seine Mutter, zu der er schon seit längerem nicht eine wirklich gute Beziehung hatte.

„Ich hätte mir gleich denken können, dass wir dir das zu verdanken haben“, begann sie auch in ihrem gewohnten Besserwisser Ton von sich zu geben. „Es ist auch schön dich unverletzt wieder zu sehen liebste Mutter, immerhin hat ein Kollege beim Schutz für dich sein Leben gelassen, also halte dich vielleicht heute mal mit deinen bissigen Kommentaren zurück und habe ein bisschen Respekt gegenüber den Personen, die versuchen dich am Leben zu erhalten“, konnte sich Römer nicht verkneifen.

Prackler, der die Begrüßungsszene von der Eingangstüre aus beobachtet hat, ging zur Kaffeemaschine und goss einen großen Becher für Römer ein. „Am besten wir setzen uns einmal und dann wird uns Robert mal langsam erzählen, wie das Ganze begonnen hat und wie es seiner Meinung nach weitergehen soll“. Mit seiner ruhigen Art und dem Ton seiner Stimme, konnte Prackler immer schon Menschen beruhigen und war deshalb auch bei der Bevölkerung sehr beliebt.

Römer nahm die angebotene Tasse Kaffee mit Dank entgegen und setzte sich an den großen Besprechungstisch, der in dem Raum untergebracht war. Nach einem langen Schluck und einem tiefen Atemzug begann er zu erzählen. „Es tut mir leid, dass ich euch fast zu spät heute angerufen habe, um euch zu warnen, aber ich bin wirklich froh, dass euch nichts passiert, ist“ endete Römer seine Erzählung an seinen Vater gewandt.

„Das muss mal einer verdauen“, schaltete sich Prackler wieder in das Gespräch ein. „und ihr habt wirklich keine Ahnung, wer der Täter sein könnte?“

Bis jetzt nicht und wenn du den Burger in Niederösterreich anrufst, wird er dir wahrscheinlich sagen, dass ich es war, aber das ist eine andere Geschichte. Tatsache ist jedoch, dass ihr heute nicht mehr in das Haus zurückkönnt. Ich nehme zwar an, dass der Täter nicht so verrückt ist, sich noch immer in der Gegend aufzuhalten, aber man weiß ja nie. Fällt euch was ein, wo ihr eventuell hinkönnt, ohne dass man euch mit Leichtigkeit gleich finden könnte“

Kurz überlegten seine Eltern als seine Mutter meinte:“ wir könnten noch heute ins Lungau fahren, da haben wir ja Freunde, die ein

Hoteldorf haben. Ich rufe gleich mal an und frage, ob sie etwas frei haben. Das wäre weit weg von hier und ist nicht nachprüfbar“ Wie immer war seine Mutter die pragmatischere und konnte am besten mit außergewöhnlichen Situationen umgehen.

„Ich werde heute im Haus übernachten, falls er doch zurückkommt und morgen soll ich so und so um 09.00 Uhr in Eisenstadt beim Schrall sein. Also brauche ich vorher nicht extra noch nach Wien oder Himberg fahren. Wir fahren gemeinsam dann zum Haus, ihr packt eure Koffer und dann bleibt ihr zunächst einmal eine Woche im Lungau.“ Danach wandte sich Römer zu dem Postenkommandanten:“ Vielleicht kannst du mal in Salzburg, besser gesagt in Tamsweg am Posten anrufen und ihnen die Geschichte erzählen, damit sie ein Auge auf das Hotel haben. Es geht zwar nur eine Straße rauf zum Bergdorf und das liegt auf 1300 Meter Höhe, aber man weiß ja nie. Die kennen sich dort eh alle untereinander und ein paar Kollegen wohnen ja sogar am Fuße des Berges in Sankt Margarethen/Lungau. Vielleicht können die immer wieder mal einen Sprung „Dienstlich“ in der Hotelschank vorbeischauen“. Prackler nickte, stand auf und ging in seine Kanzlei, um zu telefonieren.

„Sie haben eine Hütte frei und warten heute noch auf uns, aber zuvor müssen wir noch schnell Koffer packen, und…es tut mir leid, es war heute alles ein bisschen viel“, meinte seine Mutter.

Römer nickte ihr zu, „dann kommt, wir fahren mit meinem Auto rauf, ich verabschiede mich noch von Prackler und komme nach. Geht ihr schon mal vor“, er gab seinen Autoschlüssel an seinen Vater und ging dann Römer nach in dessen Kanzlei.

„Es ist alles vorbereitet. In einer Fremdenverkehrsgemeinde ist es halt schwer auf neue Gesichter zu schauen, aber sie haben mir versprochen unregelmäßig beim Hotel vorbeizufahren.“

„Danke dir Herbert, vielleicht kannst du der Familie des erschossenen Polizisten mein Bedauern ausrichten und ihnen versichern, dass wir das Schwein bekommen. Ich danke dir für alles und halte dich am Laufenden. Es wird Zeit, dass wir mal den Spieß umdrehen.“

Die Fahrt durch Oberpullendorf zu seinem Elternhaus verlief schweigend. Seine Eltern packten Kleidung und Utensilien für eine Woche zusammen, übergaben den

Hausschlüssel an Römer und fuhren dann mit dem PKW seines Vaters ab. Die Kriminalabteilung war bereits wieder abgezogen. Nachdenklich schaute Römer auf die Schusslöcher, die sich in den Türrahmen der Eingangstüre eingegraben hatten.
Danach schloss er die Türe ab, holte sich was Kaltes zum Trinken aus dem Kühlschrank und setzte sich im Wohnzimmer vor den Fernseher. In den Nachrichten brachten sie immer wieder den Schusswechsel aus Oberpullendorf und den aktuellen Stand der Ermittlungen, zumindest den Stand, den die einzelnen Fernsehsender zu wissen glaubten.
Römer schlief kurz vor dem Fernseher ein, als ihn das Läuten der Eingangstüre abrupt aufweckte. Er sah auf seine Uhr und bemerkte, dass er knapp eine halbe Stunde geschlafen hatte.
Vorsichtig und mit gezogener Waffe ging er zur Eingangstüre, wo es erneut läutete. Als er durch den Türspion nach außen schaute, bemerkte er den Postenkommandanten Prackler vor der Türe, diesmal in Zivilkleidung.
„Nana, du wirst mich wohl nicht gleich erschießen“, lachte ihn Prackler an als Römer die Tür öffnete, „ich habe noch Licht gesehen und dachte mir, du könntest einen Schluck

vertragen“, dabei holte er eine Flasche Wein hervor, die er in seinem Rücken versteckt gehalten hatte.

Prackler war neben seinem Hauptberuf als Polizist noch ein hervorragender Winzer aus dem Weingebiet Lutzmannsburg und hatte sich bereits einen Namen als Winzer mit seinen Prädikatsweinen gemacht. „ich weiß ja das du lieber Weißweine hast und so habe ich dir einen „WHITE ONE“ von mir mitgenommen. Einen Zweigelt aber eben einen Blanc de Noir (weiß ausgebaut), den hast ja so gerne früher bei mir getrunken. Ich denke das bringt dir vielleicht ein bisschen Ruhe vor dem morgigen Tag. Übrigens die Fahndung ist erfolglos abgebrochen worden. Das Auto wurde vor der KUGA (Kulturzentrum) in Groß Warasdorf am helllichten Tag gestohlen, und der Täter dürfte lt. Aussagen der Grenzpolizei ungefähr 5 Minuten vor der Funkdurchsage bei Deutschkreutz über die Grenze nach Ungarn gefahren sein. Dann verläuft sich die Spur. Die Ungarn wurden zwar informiert, aber die haben ja keine Grenzpolizisten mehr stehen, und somit löst sich die Spur vorerst mal auf. Bis die an der Grenze waren, war er schon vorbei.

„Überrascht mich nicht wirklich" meinte Römer, als er 2 Gläser aus dem Glaskasten seines Vaters holte. „Gute Gläser für guten Wein, so wie du es mir beigebracht hast". Römer lächelte als Prackler den Wein eingoss. „Weißt du", beide setzten sich zu ihren Gläsern an den Tisch, „Weißt, was mir die ganze Zeit durch den Kopf geht, was wäre passiert, wenn nicht ich in der Bank gewesen wäre, sondern ein anderer Beamter? Der Willi wollte unbedingt mit mir Dienst tauschen, und wenn es nicht gerade der Willi gewesen wäre, hätte ich sogar liebend getauscht. Was wäre dann passiert?" Prackler nippte an seinem Weinglas und sah Römer in die Augen:" ich mache den Job jetzt knapp 40 Jahre, und eines ist mir dabei immer aufgefallen. Die Frage – was wäre, wenn – ist eine absolut sinnlose. Niemand kann einen Vorgang oder eine Tätigkeit einmal ändern, wenn sie durchgeführt wurde. Viel wichtiger sind danach die Entscheidungen, die man trifft oder zu denen man gezwungen wurde und da hast du dir nichts vorzuwerfen. Wir da im Burgenland sind sicher noch eher im sogenannten gelobten Land. Wir werden zwar überschwemmt von einem Haufen Flüchtlingen, aber in Wirklichkeit haben wir es ruhig hier.

Mal ein Besoffener nach dem Weinfest der randaliert oder so, aber die Psychopaten lassen wir in der Großstadt“, Prackler lächelte leicht, „das, was aber jetzt da abläuft habe ich selbst noch nie erlebt. Nicht nur, dass ein Polizist einen Banküberfall macht, dreht der zweite Täter vollkommen ab, statt das er froh ist wegzukommen und still zu halten, macht er einen Amoklauf der ersten Güte. Das ist eine neue Form von Kriminalität, wobei ich mir echt die Frage stelle, wo das noch hinführen soll“. Wieder tranken sie von dem Wein und Prackler schenkte nach.

„Ich glaube, die Frage, die ihr euch stellen solltet, was war der Triggerpunkt, der Auslöser für diesem Amoklauf. Er weiß, dass ihn Hunderte Beamte suchen, er weiß, dass er irgendwann geschnappt oder auch erschossen wird. Aber warum? Er könnte doch ruhig halten, und nach ein paar Wochen wäre der Banküberfall ad acta gelegt, 2.Täter unbekannt und in 3 oder 4 Monaten hätte er wieder mit irgendwelchen Überfällen loslegen können. Also warum die Reaktion? Das geht mir nicht in den Kopf rein. Rein von einem Psychopaten auszugehen, glaube ich nicht. Es hat zu 98% immer irgendeinen Hintergrund, und den müsst ihr finden. Trotz dem ganzen

Wahnsinn läuft immer alles geplant ab, zu sehr nach Schema F“ Römer schaute nachdenklich.“ Und was ist mit den Fehlenden 2% deiner Rechnung?“
Prackler schaute verschmitzt von seinem Glas hoch: “das sind die Psychopaten, aber die sind eben selten“

***

Tag 4

Und er machte die beiden Lichter, das größere für den Tag und das kleinere für die Nacht und auch die Sterne setzte er an das Himmelsgewölbe sodass sie auf die Erde leuchteten und er befand es für gut

Nach einer durchwachten Nacht im Haus seiner Eltern traf Römer mit seinem Privatauto nahezu pünktlich in Eisenstadt bei der Landespolizeidirektion Burgenland ein.

Lange suchte er bei diesem modernen Bau am östlichen Ortsende von Eisenstadt nach einem Parkplatz. Als er endlich eine Lücke gefunden hatte, betrat er das Gebäude und ließ sich den Weg zur Kriminalabteilung erklären. Schon auf dem Weg zu deren Büros, merkte er die innere Unruhe, die in dem Gebäude herrschte. Hektik und Anspannung strahlten die Beamten aus, die ihm auf seinem Weg begegneten, und obwohl es sich um einen hellen lichtdurchfluteten Bau handelte, merkte er die gedrückte Stimmung bei den Kriminalbeamten, die ihm erklärten, er möge sich sofort beim Leiter Obst Schrall melden.

Nachdem er an die Tür des Büros des Leiters der Kriminalabteilung Burgenland geklopft hatte, trat er ein und wollte sich melden „Oberst, ich melde mich…"

„Jaja komm rein, eigentlich hatte ich dich um 09.00 Uhr erwartet, aber jetzt bist du ja da"

„Oberst ich habe allein 20 Minuten einen Parkplatz da gesucht, aber was ist denn bitte in der Zwischenzeit passiert?"

Schrall reichte einen Zettel an Römer, „zunächst einmal, dein Sonderurlaub ist gestrichen, du bist offiziell der KA Burgenland zugeteilt worden. Das Ministerium hat zugestimmt, auch wenn sie nicht wirklich erfreut, darüber waren. Nur damit du es genau verstehst, Mein Kopf hängt jetzt an deinem. Du bist mir persönlich unterstellt also quasi mein Berater oder Anhängsel oder wie auch immer. Die Schusswaffenerhebungen von Oberpullendorf macht unsere Mordgruppe.

Wir haben eine Taskforce gegründet, die einzig dafür eingerichtet wird, den Täter zu identifizieren und zu fassen. Du gehörst von der KA Burgenland ebenfalls dieser Task-Force an."

„Und wer gehört noch aller dieser Taskforce an?" Römer ahnte bereits schreckliches.

„Von Niederösterreich der Chefinspektor Windlich – Leiter der Mordgruppe in Niederösterreich und Chefinspektor Burger als

Leiter der Raubgruppe, dann Werner Riexinger als Kontaktmann zum Bundeskriminalamt Gruppe Fahndung, Chefinspektor Regner als Leiterin der Mordgruppe Burgenland, du und ich als Leiter der Taskforce. In einer Stunde haben wir unser erstes Treffen bei uns im Besprechungsraum und lass bitte vorerst deine Antipathie gegen den Burger bei dir. Wenn es Schwierigkeiten gibt, kläre ich die und sonst niemand, ist das verständlich?"

„Kann ich mir noch überlegen, ob ich wirklich in diese Task-Force möchte oder ob ich nicht doch Sonderurlaub am See in Anspruch nehme?" Römer lächelte süffisant seinem Vorgesetzten entgegen.

„Depp gib Ruh und setzt dich mal. Hier sind die ganzen Tatortberichte von gestern. Wir haben eine gerichtliche Bewilligung dein Handy zu überwachen, der Techniker wird in den nächsten Minuten kommen, um dein Handy zu klonen. Das heißt sie werden alle Gespräche mitschneiden können bzw. alle SMS und sonstige Tätigkeiten speichern. Sie werden auch versuchen den Standort des anderen Handys zu orten, wenn der Typ nochmals bei dir anruft."

Römer setzte sich vor den klobigen Schreibtisch auf einen Besucherstuhl und nahm die

Unterlagen an sich. „Ich muss jetzt alle erotischen Gespräche und SMS mit meiner Freundin unterlassen, sonst kommen die Techniker ja noch auf dumme Ideen?“

„Welche Freundin? Die ist doch in Gefahr, warum weiß ich davon nichts“ Schrall fuhr wütend auf.

„Oberst beruhig dich wieder, es gibt derzeit keine Freundin“

„ich sag ja Depp, vielleicht kannst du die Sache mal ernst nehmen, es haben schon zu viele ihr Leben bei dieser Geschichte verloren und zum Scherzen ist mir wirklich nicht zumute“.

Römer murmelte ein kurzes „Sorry“ und widmete sich den Unterlagen, die ihm Schrall gereicht hatte.

Als Römer die Unterlagen durchgesehen hatte, gingen sie in den Besprechungsraum der Kriminalabteilung, wo schon einige Techniker hektisch arbeiteten. Telefone und Computer wurden installiert, ein Projektor von der Decke heruntergelassen und aus den Besprechungstischen wurden Einzelarbeitsplätze. Offenbar wurde hier ein Großbüroraum für die Task Force eingerichtet.

Römer begrüßte die Anwesenden Techniker, woraufhin einer sein Handy abnahm und mit einem Laptop verband. „ich denke ihr braucht mein Passwort, sonst kommt ihr ins Handy nicht rein“. Der Techniker sah kurz von seinem Laptop auf, lächelte Römer an „bin schon drinnen, in 5 Minuten bekommst du es wieder zurück“

Römer zuckte mit den Schultern, “und ich dachte es ist abgesichert“ Jetzt lachte der Techniker laut auf, „es gibt keine 100% Sicherheit schon gar nicht bei der Elektronik oder bei Computern und das Handy ist heut zu Tage nichts anderes als ein kleiner Computer. Wenn sich einer auskennt, kommt er überall irgendwann rein“

Nach und nach trafen die einzelnen Task-Force Mitarbeiter ein. Römer kannte alle. Riexinger war ursprünglich vom Posten Himberg, ging aber dann zur Fahndung ins Bundeskriminalamt, nachdem seine Frau ihr 3.Kind erwartete. Windlich war ein alter und sehr erfolgreicher Mordermittler und befand sich kurz vor seinem Ruhestand und Regner war eine gutaussehende blonde Burgenländerin, die aus einem Nachbarort von Oberpullendorf stammte und die Römer vom Sehen her kannte. Burger bekam ein reserviertes Nicken als Begrüßung und offensichtlich hatte dieser auch nicht mehr von Römer erwartet.

„Wenn sich alle bitte setzen würden“ Schralls Stimme überlagerte den Geräuschpegel in dem Besprechungszimmer, „ich glaube sie kennen einander alle und auch den Grund, warum sie hier sind. Zunächst einmal ein wichtiges Detail. Egal welchen Rang sie normalerweise haben, in dieser Task Force sind alle gleichgestellt. Jeder kann seine Meinung offen äußern und ist sogar angehalten dies zu tun. Wir werden 2 Erhebungsgruppen bilden, davon werden immer 2 die Außenarbeiten erledigen und einer bleibt hier in der Zentrale. Die erste Gruppe besteht aus mir, Kollegin Regner und Römer, die zweite Gruppe besteht aus Burger, Windlich und Riexinger. Windlich und ich werden in der Zentrale Dienst verrichten, die anderen bilden die Außenteams.“
„Erich, ich hätte eine Frage“ Römer hörte sich selbst sprechen, obwohl er wusste, dass Schrall es hasste, unterbrochen zu werden, deshalb sprach er schnell weiter,“ ich arbeite immer allein und bin auch so am besten dran, nichts für ungut Frau Kollegin, aber ich bin nicht so der Partnertyp“
„Dann wirst du es lernen, und zwar ab sofort, ist das klar, und zwar ohne weitere Widerrede und schluck es einfach runter, was dir auf der

Zunge liegt, wir haben hier wichtigere Dinge zu tun als auf deine persönliche Egozentrik einzugehen."
Römer sah zu Burger der sich ein Lächeln nicht verkneifen konnte, hielt aber den Mund und nickte leicht.
„Nach dem diese Dinge nun geklärt sind können wir beginnen. Damit alle am gleichen Stand der Ermittlungen sind, wird jeder einzelne mit dem Stand der Erhebungen beginnen, Burger du beginnst und dann der Reihe nach"

***

„Herr Aspirant, was haben sie zu den Anschuldigungen zu sagen?", hörte er den Schulkommandanten der Polizeischule in Wien fragen. Zuvor kam der Schulkommandant unerwartet mit einem Schreiben in die Klasse, rief ihn auf, und las dann einen Brief einer Mutter vor, die sich über ihn beschwerte und anzeigen wollte.
„Haben sie mit der Tochter dieser Frau den Polizeiball eröffnet, Herr Aspirant?"
„Ja Herr Major"

„Sind sie nach der Eröffnung mit dem Mädchen etwas trinken gegangen“
(Jetzt darfst du mich auf etwas zu trinken einladen, schließlich möchte ich mich ja mit dir zeigen, wenn du in Uniform so geil aussiehst)
„Jawohl Herr Major“
„Haben sie der Dame Avancen gemacht“
„was das auch immer heißen mag Herr Major, wahrscheinlich ja“
(Was hältst du davon, wenn du mir nach dem Drink deine Wohnung zeigst – sie küsste ihn – und mit mir einige ganz böse Dinge anstellst – während sie sich an ihn drückte, spürte er wie sie ihn immer schneller und aufreizend küsste)
„Sind sie nach dem Ball mit dem Mädchen zu ihnen nach Hause gefahren und haben ihr dort Gewalt angetan?“
(Geile Wohnung hast du, hast wohl schon viele Mädels hier her abgeschleppt – und das ist dann wohl das Schlafzimmer? – Sie öffnete die Türe und er dachte sie wolle mit ihm dort reingehen. Jetzt weiß ich wie du wohnst, du darfst mich wieder nach Hause bringen, du glaubst doch nicht das ich mit dir schlafen werde. Sie begann zu lachen, das war doch nur eine Wette, dass ich dich rumkriege, schau dich doch mal an – danach hatte er ihr nur eine Ohrfeige gegeben, als sie

jedoch zurückschlug, war es um ihn geschehen und seine ganze Wut brach aus ihm heraus...)

Waren zuvor noch einige Lacher und Pfiffe aus der Klasse zu hören gewesen, wurde es plötzlich sehr still im Unterrichtsraum.

„Herr Major ich verstehe sie nicht ganz, was meinen sie mit Gewalt angetan?"

„Haben sie mit dem Mädchen geschlafen und sie anschließend verprügelt, sie beschimpft und halbnackt auf die Straße gejagt?"

„Herr Major, Verzeihung wenn ich mich einmische, aber so kann das nicht gewesen sein" Er drehte sich um und hinter ihm sah er, dass der Ferdl plötzlich aufgestanden ist. Ferdl deutete auf ihn und sprach weiter „er kann nicht mit dem Mädel nach Hause gefahren sein, denn er ist mit mir nach dem Ball nach Hause gefahren, weil er zu viel getrunken hatte und er gar nicht mehr fahren konnte. Er schlief bei mir in der Wohnung bis zu Mittag."

„Sind sie sich sicher Aspirant Trester? Sie wissen was darauf steht, wenn sie hier jemanden ein falsches Alibi geben?"

„Jawohl Herr Major, aber so ist es gewesen"

„Herr Major, ich habe ganz sicher nicht mit dem Mädchen Sex gehabt, am Ball haben wir uns geküsst, aber dann hatte ich zu viel Bowle erwischt und Alfred

dürfte mich dann mit heimgenommen haben, da ich zu Mittag bei ihm in der Wohnung aufgewacht bin, mehr weiß ich nicht mehr von dem Abend."

„Wir werden das überprüfen. Aspirant Trester, sie waren bisher der Klassenbeste, aber sollte sich herausstellen, dass sie ihm ein falsches Alibi gegeben haben, fliegen sie genauso von der Polizeischule und landen vor Gericht, ist ihnen das klar?"

Jawohl Herr Major, Glasklar"

Das war im ersten Ausbildungsabschnitt in der Polizeischule Wien gewesen und seitdem waren sie Freunde.
Es stellte sich heraus, dass die Beschwerdeführerin zu stark aufgetragen hatte, weil sie eigentlich noch nie mit einem Mann geschlafen hatte und als sie aber weinend beteuerte, dass er sie doch zusammengeschlagen hatte, glaubte ihr niemand mehr, und so konnte er die Polizeischule abschließen.
Seitdem waren sie dicke Freunde geworden. Oft hatte er den Ferdl gefragt, warum er damals für ihn gelogen hat, und dessen Antwort war immer die gleiche, er habe einfach

gespürt, dass sie Freunde werden, und einen Freund lässt man nicht hängen. Ferdl hat ihn dann auch durch die Polizeischule gebracht und immer, wenn er nicht mehr weiterwusste, hat er ihm einen guten Rat gegeben.

Doch jetzt war der Ferdl nicht mehr da, und er spürte die Wut immer mehr in sich wachsen, wie damals bei dem Mädchen, die ihn wegen einer Wette verarscht hatte. Wut gegen den Kieberer, der offenbar immer Glück hatte und immer wieder durch seine sorgsam ausgedachten Pläne schlüpfte.

Das gestohlene Auto aus dem Burgenland hatte er in Wien abgestellt und war dann durch halb Wien zu Fuß bis zur Wohnung seiner verstorbenen Großmutter gegangen, die er geerbt hatte. In seine eigene Wohnung wollte er nicht mehr zurück, wusste er ja nicht wie weit die Polizisten mit ihren Erhebungen gekommen sind.

Kurz war er auf seiner Dienststelle, um sich neue Batterien für sein entwendetes Funkgerät zu besorgen, als er mitbekam, wie jemand anrief und fragte, ob alle Dienstfunkgeräte auf der Dienststelle wären. Schnell stellte er seines wieder in die Waffenkammer zum Aufladen und entfernte sich von dort. Der Wachzimmerkommandant zählte die vorhandenen

Funkgeräte, addierte sie mit denen die derzeit auf Streife unterwegs waren und meldete dann dem Unbekannten, das auf ihrer Dienststelle alle vorhanden seien. Er erfuhr dann bei einem Kaffee, dass die Dienststelle Himberg alle Posten und Polizeistationen rund um Wien anrief und nach deren Funkgeräten fragte.
Er wartete den Dienstwechsel auf seiner Dienststelle ab, nahm dann ein aufgeladenes Funkgerät wieder aus der Waffenkammer und zwei Reservebatterien, verabschiedete sich und fuhr dann mit seinem eigenen Auto wieder zur Wohnung seiner Großmutter.

Dort angekommen, telefonierte er mit der Gattin von Trester und versprach ihr zum Begräbnis von Fredl zu kommen, das schon am nächsten Tag stattfinden sollte. Er wusste, dass am Begräbnis sicher viele Polizisten anwesend sein werden, wahrscheinlich auch einige, die nach ihm suchten, aber wenn sie wüssten, wer er war, hätten sie ihn schon längst verfolgt und nicht nach irgendwelchen Funkgeräten gefragt. Trotzdem war es gefährlich für ihn, am Begräbnis aufzutauchen aber noch viel verdächtiger würde er sich machen, wenn er nicht ginge. Alle Kollegen und

Familienangehörigen vom Fredl wussten ob ihrer Freundschaft, also war es noch viel gefährlicher dort nicht aufzutauchen.

Was hatten sie ihm damals beim Jagdkommando beigebracht? Die einfachste Tarnung ist die Nichttarnung in einer Menschenmenge, und es würden sehr viele Personen zu dem Begräbnis trotz den Todesumstände kommen. Viele konnten es sicher nicht begreifen, dass der Fredl ein Bankräuber war. „Er war doch so ein guter Familienvater und liebte seine Kinder von ganzen Herzen", hörte er immer wieder von seinen Kollegen, die ihn anriefen und ihn trösten wollten.

Aber vielleicht konnte er das Begräbnis auch für seine Zwecke nutzen. Er dachte lange nach, während er sein Scharfschützengewehr streichelte, das neben ihm im Bett lag. Immer griffbereit und voll durchgeladen, wie seine Glock 17 die er ebenfalls neben sich auf dem Nachttisch platziert hatte. Kampflos würde er sich sicher nicht ergeben und schon gar nicht ins Gefängnis gehen. Er wusste, was die anderen Mithäftlinge mit einem Polizisten in einer Haftanstalt anfangen würden, und dem würde er sich niemals aussetzen. Und dann begann ein Plan für das Begräbnis zu reifen.

***

„Jetzt seid ihr alle am selben Stand der Untersuchungen und Erhebungen und es wäre an der Zeit, um Ideen zu bekommen, wie wir weiter vorgehen wollen“ Schrall schaute in die Runde der Beamten.

„So wie ich das sehe“ Regner ergriff das Wort,“ bist du lieber Römer derzeit der Gejagte, und immer wieder wird vom Täter vorgegeben, welche Aktionen du setzen musst. Der Anruf bei der Zeitung, der Mord vor deinem Haus, sorry Burger, aber das war so durchsichtig, dass man das eigentlich sofort durchschauen hätte müssen, das Auffinden deiner Eltern hier im Burgenland, immer wieder wurde reagiert aber bis jetzt haben wir nirgends selbst agiert.“

„Das waren genau meine Worte von gestern Abend“, erwiderte Römer.

„Vielleicht kannst du mich mal ausreden lassen? Es wird Zeit den Spieß umzudrehen. Bis jetzt bist du von Allen die mit der Sache zu tun hatten rausgehalten worden. Du hast doch die Verbindung zur Kronen Zeitung“, Römer nickte,“ dann sollten wir dich mal wirklich zum doppelt gejagten machen. Wir sollten doppeltgleisig arbeiten. Offiziell wird jetzt gegen dich ermittelt, inoffiziell wird auf die Reaktionen gewartet, die dieser Vorstoß hinaufbeschwört. Wir müssen das natürlich erst mit den zuständigen Gremien abklären, aber ich denke mit einem kleinen Kreis Mitwisser können wir leben."

Während der Ansprache von Regner, läutete das Mobiltelefon von Schrall. Dieser sprach kurz hinein und legte auf. „Guter Plan Regner, aber durch irgendeinen Fehler wurde die Leiche des Bankräubers an die Familie freigegeben und die Beerdigung ist bereits für morgen angesetzt. Wir müssen die Beerdigung großflächig überwachen. Riexinger du kommst ins Spiel, ich brauche so viele Leute wie möglich von euch, die sich unter die Begräbnisgäste mischen können und ich brauche von allen Besuchern eine Identifikation und ein Foto. Das Begräbnis ist morgen um 15 Uhr auf dem Zentralfriedhof in Wien Tor Drei."

Riexinger nickte zustimmend", Alles klar ich hänge mich gleich ans Telefon und organisiere die gesamt Obs aus BKA und LKA, die Wiener lasse ich mal außen vor, könnte ja sein, dass der Täter mit irgendjemand da bekannt ist oder war.

„Lasst uns aber den Gedanken von Regner weiterspinnen, an was denkst du da genau?"

„Nun ich würde verlautbaren, dass auf Grund der Vorfälle es zu neuen Erhebungsergebnissen gekommen ist, der Beamte aus der Bank deshalb vorläufig außer Dienst gestellt wurde und eine heiße Spur verfolgt wird. Gleichzeitig werde ich mit Römer unterwegs sein, quasi als Freundin, bilde dir nichts drauf ein-ich muss das erst mit meinem Lebensgefährten abklären und so können wir weiter offiziell ermitteln, ohne dass es weiter auffällt, falls er uns beobachtet, riskant, aber machbar, meint ihr nicht? Wenn der Typ glaubt, dass wir dich in die Pfanne hauen und wir gleichzeitig aber auf eine heiße Spur hinweisen, machen wir ihn vielleicht unvorsichtig und provozieren ihn zu irgendwelchen unüberlegten Handlungen.

Ach ja Burger, wir hauen Römer nicht wirklich in die Pfanne – wir tun nur so“ Burger machte eine abschätzige Geste, hielt sich aber mit einer Meinung zurück.“

Während Schrall noch überlegte, meldete sich Römer nach kurzer Überlegung selbst zu Wort:“ Also so weit wäre ich gestern mit meinen Überlegungen nicht gegangen, aber dein Plan hat was für sich. Ich werde den Heigl gleich mal anrufen, wenn es für dich ok geht Oberst und er soll uns mal einen Text zusammenschreiben und rübermailen, damit wir ihn vorher durchsehen können."

„Gut dann machen wir das so, Burger und Norbert ihr übernehmt morgen ganz offiziell die Beerdigung, Riexinger die Observation und ihr 2 spielt glückliches oder unglückliches Paar in Simmering und lasst euch aber auf dem Zentralfriedhof nicht blicken. Ich kläre das mit der Pressestelle und dem Ministerium ab, damit die nicht dumm reagieren, wenn sie Anfragen erhalten. Hältst du das dann aus Robert? Denn für viele wirst du dann da mit drinnen hängen?"

„Ich habe einen breiten Buckel, ich würde aber anraten den Posten Himberg nicht offiziell einzuweihen, maximal den Postenkommandanten Stellvertreter Rilke, die könnten sich sonst verreden. Und mir ist da, was aufgefallen, was du zuerst erwähnt hast, Regner, woher wusste der vom Haus meiner Eltern? Könnte man die IT-Abteilung mal ersuchen, ob die rauskriegen, wer sich in der Meldedatei oder sonstigen offiziellen Stellen mit der Wohnadresse meiner Eltern befasst hat? Ist nicht so, dass die Adresse meine Eltern überall öffentlich bekanntgegeben wurde."

„Nur mal so nebenbei, ich heiße Katharina, wenn wir schon ein Pärchen spielen sollen"

„Gut, dann weiß jeder was er zu tun hat für den Nachmittag, sagen wir nächste Sitzung in 3 Stunden, dann möchte ich Ergebnisse hören, wie weit wir mit den Vorbereitungen sind.“

„Burli, bist du dir sicher, was du da möchtest? Wenn wir, dass schreiben und anschließend Veröffentlichen, bist du am Pranger und jeder Journalist in der Stadt wird dich ins Licht stellen wollen und suchen. Und wenn sie dich nicht finden, dann werden sie unsere Geschichte ausweiden bis zur Unendlichkeit.“

„Genau deshalb rufe ich dich ja auch an Gernot, du schreibst das so, wie du so etwas schreiben würdest, und wenn wir fertig sind und den Typen haben, bekommst du die Story exklusiv und kannst titeln **Die Krone hilft bei der Verhaftung vom Polizisten Mörder**“

„Das kann ich nicht selbst entscheiden, das muss ich mit dem Dichand absprechen. Der ist eh im Haus. Wenn ich dich nicht anrufe, hat der Dichand sein OK gegeben und du hast innerhalb einer Stunde den Text von mir in deinem Posteingang. Ihr gebt mir dann euer OK bis spätestens 17.30 Uhr, denn dann muss die Schlagzeile stehen und noch was

Robert, ich hoffe ehrlich für dich du weißt, was du da machst."

„Das hoffe ich auch Gernot, das hoffe ich auch", Römer legte auf und zeigte seinem Kommandanten, dass der Anruf erledigt sei. Der nächste Anruf galt der IT-Abteilung. Römer erklärte dem abnehmenden Beamten sein Anliegen und dieser versprach ihm sich sofort darum zu kümmern und ihm Bescheid zu geben, sobald ein Ergebnis vorliege.

Nach dem Telefonat sah sich Römer um und nach dem alle anderen Kollegen beschäftigt waren, stand er auf und ging aus dem Raum, um ein bisschen abschalten zu können. Unmittelbar neben dem Besprechungsraum befand sich ein kleiner Pausenraum mit einem Kaffeeautomaten und 2 Fenstern, wodurch man auf die Felder blicken konnte, die unmittelbar an das Gebäude der Landesdirektion Burgenland grenzten und die Eisenstadt umschlossen. Er drückte sich einen Kaffee runter und begab sich zu dem Fenster. Im Geist ging er den ganzen Plan noch einmal durch und untersuchte ihn auf Schwachstellen.

„Der Markus war nicht wirklich glücklich mit meinem Plan, aber er lässt dir Glück wünschen, dass wir irgendwie die Sache hinbiegen können“, hörte er die Stimme seiner Kollegin hinter seinem Rücken.

„Keine Sorge, ich habe ein Gästezimmer in meiner Wohnung und so und so immer die Jalousien vor meinem Schlaf- und Gästezimmer, sodass er nichts mitbekommen kann, selbst wenn der Typ von irgendwo mit einem Fernglas uns beobachten möchte. Außerdem habe ich noch ein eigenes Frühwarnsystem bei mir zu Hause, von dem du aber besser nichts wissen solltest.“ Römer drehte sich nicht um und schaute weiter durch das Glas auf die Felder.

„Ist dir eigentlich klar, dass ich dich schon länger kenne als du glaubst? Ich war Wachzimmer Kommandantin auf der Kaiser Ebersdorferstrasse und kaum habe ich dort angefangen wurde mir schon von dir erzählt und dein Frühwarnsystem war uns sehr wohl bekannt. Der Fritz ist kein schlechter Mensch, nur halt a bisschen a Strizzi, wie man Wienerisch so schön sagt. Aber nachdem ihr alles unter euch, und dass meist friedlich geregelt habt, hatten wir keinen Grund uns näher mit euch zu befassen.“ Regner lächelte als sich Römer nun doch umdrehte. „Du solltest mich nicht unterschätzen Robert, wenn ich nicht von deiner Unschuld überzeugt wäre, würde ich hier gar nicht mitspielen, also unterschätze mich lieber nicht mehr"

„Ich werde es mir merken, Katharina, zumindest für die Zukunft, also wie gehen wir es jetzt weiter an?"

„Sobald wir hier alles für morgen besprochen haben, fahren wir kurz nach Rust und holen für mich einen kleinen Koffer ab, den Markus gerade eben für mich packt, und dann fahren wir zu dir nach Simmering in die Wohnung, damit wir morgen rechtzeitig reagieren können, wenn neue Erkenntnisse auf den Tisch kommen. Der Oberst schaut sich auch grad nach einem 2.Büro in der Nähe von Wien um, denn irgendetwas sagt mir, das wir in Wien dem Täter viel näher sind als hier in Eisenstadt."

„Könnt ihr zwei Turteltäubchen mal wieder reinkommen, der Oberst hat uns eben zusammengerufen." Burgers Stimme hallte durch den Gang.

Regner und Römer sahen sich an und begannen laut zu lachen, „Burger irgendwann mal…, aber lassen wir das" Römer ging lächelnd an Burger vorbei, während er in seinem Rücken flüstern hörte „Katharina pass auf dich auf, ich traue ihm immer noch nicht. In seiner Nähe sterben zu viele Polizisten"

Plötzlich hörte Römer einen Knall und drehte sich um. Er sah Regner lächelnd hinter sich stehen und Burger noch im Türrahmen, während sich dieser an seiner Stirn eine gerötete Stelle rieb. „oh Burger das tut mir jetzt echt leid ich dachte nicht, dass du hinter mir bist als ich die Türe schließen wollte“

„Wer es glaubt“ brummte Burger.

„Kann sich der Kindergarten jetzt setzen, das gibt’s ja echt nicht mehr“ Schrall verdrehte seine Augen. Er wartete, bis alle Platz genommen hatten, dann teilte er Zettel aus, die er offensichtlich vorher von einem Mail ausgedruckt und kopiert hatte.

WAS IST LOS BEI DER POLIZEI NIEDERÖSTERREICH

Wie aktuell aus Kreisen des Innenministeriums zu vernehmen ist, dürfte der Banküberfall in Zwölfaxing mit dem Doppelmord an zwei Polizisten in Wien Simmering und dem Schusswechsel in Oberpullendorf, bei dem ebenfalls ein Beamter getötet wurde zusammenhängen. Im Zuge der Ermittlungen wurde nun mehr der Beamte, welcher vor vier Tagen den Bankräuber Alfred T. (ein Wiener Polizeibeamter) in Zwölfaxing erschossen hat, vom Dienst bis auf weiteres suspendiert. Trotz eifriger Recherchen konnte der Name des Beamten vom Bundesministerium für

Inneres bis jetzt nicht in Erfahrung gebracht werden und wird dieser weiter geheim gehalten.
Die Erhebungen in allen 3 Fällen wurden vom Landeskriminalamt Burgenland übernommen und werden auch von dort aus geleitet. Warum der Beamte trotz ursprünglich verlautbarten Meldungen plötzlich vom Dienst suspendiert wurde, wurde von den ermittelnden Beamten nicht bekanntgegeben. Offensichtlich steht er im Verdacht selbst an dem Raubüberfall beteiligt gewesen zu sein. Der Leiter der Kriminalabteilung Burgenland, Oberst Schrall gab auf Befragen bekannt, dass seine Beamten bereits eine heiße Spur verfolgen würden und mit dem Abschluss der Erhebungen in den nächsten Tagen zu rechnen sei.

Danach folgte noch eine chronologische Aufzählung der einzelnen Taten und eine vage Beschreibung der Sachverhalte.
Als Abschlusszeile war dann noch zu lesen:
Offenbar wird angenommen, dass der zweite Täter bei dem Banküberfall und der/ bzw. die Mörder an den Polizisten ebenso wie der erste Bankräuber ein Polizist sei und es wird in den eigenen Reihen ermittelt, wie aus gut informierten Kreisen zu vernehmen war. Wir werden unsere Leser auf dem Laufenden halten.
Gernot Heigl.
P.s. Burli du bist mir was schuldig und halt deinen Kopf aus der Schusslinie dein Freund Gernot

„Wie ihr lesen könnt, wird das morgen die Schlagzeile in der Kronen Zeitung sein und offensichtlich hat der Dichand eingewilligt hier mitzumachen. Römer du kannst dich morgen schon mal wappnen gegen allerlei Anschuldigungen in dieser Sache, du hast nicht nur Freunde in unseren Reihen. Wie schaut es mit den anderen Sachen aus?"

„Die Observationsgruppe wird morgen mit knapp 30 Beamten am Zentralfriedhof beim Begräbnis anwesend sein. Wir haben auf den Plänen der Aufbahrungshalle und des Außengeländes 4 Standorte gefunden, von welchen wir mit Teleobjektiven sicher die komplette Trauergemeinde fotografieren können. Ebenso wird eine Gruppe mit 6 Beamten, sämtliche Kennzeichen notieren die unmittelbar am Friedhofsparkplatz aber auch in der näheren Umgebung mit ca. 500 Meter Umkreis abgestellt sind. Diese werden wir dann im BKA morgen mit den Reisepassdaten und Führerscheindaten abgleichen und die jeweiligen Fotos den Fotos der Trauergäste zu ordnen. Der Rest der Beamte wird teils offen und teils verdeckt am Begräbnis teilnehmen. "

Riexinger war offensichtlich in der Zwischenzeit sehr fleißig gewesen.

„OK, Windlich und Burger ihr seid offiziell als Ermittler bei dem Begräbnis. Zu den anderen werdet ihr keinen Kontakt aufnehmen. Niemand sollte wissen, wie viele Beamte wir tatsächlich dort im Einsatz haben. Wir haben einen zweiten Besprechungsraum in der Meidlinger Kaserne zugewiesen bekommen, wo eben die Computer mit unseren hier synchronisiert werden. Ihr Beiden fahrt morgen in der Früh von Simmering direkt in die Meidlinger Kaserne und wartet dort auf das andere Team, die nach dem Begräbnis ebenso nach Meidling kommen werden. Riexinger wechselt zur Auswertung ins BKA und mailt uns dann die Ergebnisse durch. Morgen um 17.00 Uhr treffen wir uns alle in der Meidlinger Kaserne und sehen was es zu berichten gibt. Römer und wenn irgendwie etwas passiert, sich der Typ auf deinem Handy meldet oder sonst euch was komisch vorkommt, ihr meldet es umgehend entweder mir oder dem Team 2. Ich will keine Einzelaktionen sehen. Und eh ich es vergesse – NIEMAND von euch redet mit der Presse, das geht allein über mich. Gibt's sonst noch Fragen?" Schrall-schaute fragend in die Runde. „OK, wenn nicht, dann viel Glück für morgen und hoffen wir mal, dass die Nacht diesmal ruhig bleibt.

Römer und Regner einigten sich, dass Römer mit seinem Privat PKW vorfahren würde und Regner nach ihrem Rust Abstecher direkt nach Simmering mit dem Dienstwagen der Kriminalabteilung nachkommen werde. So könnten sie am nächsten Tag, dann gleich mit dem Dienstfahrzeug in die Meidlinger Kaserne gemeinsam fahren.
Knapp 2 Stunden später bog Römer wieder auf das Parkdeck in Simmering ein, wo sein freier Parkplatz auf ihn wartete. Er nahm die Einkäufe aus dem Auto, die er noch schnell unterwegs getätigt hatte. In seinem Rücken hörte er schon den Pfiff seines Freundes Fritz, der offensichtlich schon auf ihn gewartet hat.
„Deine Tür ist wieder ganz. Ich habe dir diesmal eine Einbruchshemmende Türe einsetzen lassen mit einer Metallplatte im Inneren und einer 12fach Verriegelung. Wenn deine Bullenfreunde, die nochmals eintreten wollen, werden die eine schöne Überraschung erleben. Hier habe ich auch die Schlüssel. Die Abrechnung macht die Firma gleich mit dem Innenministerium direkt aus. Was war los bei dir? Gibt's was Neues?"
Gemeinsam gingen sie zur Eingangstüre des Wohnhauses. „Am besten du kommst auf

einen Drink mit rauf und ich erzähl dir alles“ Während sie mit dem Lift in den 5.Stock fuhren, erzählte Römer seinem Freund die Vorfälle von Oberpullendorf in Kurzform. „Da hast du aber ein ziemliches Monstrum einbauen lassen, das muss man dir lassen“ meinte Römer, als er vor der neuen Wohnungstüre stand.

„Sie mussten den Rahmen neu einzementieren, der alte hätte das Gewicht der Türe nicht tragen können“ schmunzelte Fritz in seiner typischen Art. „Du hast übrigens jetzt auch einen Winkelspion in der Türe eingebaut, sodass du nicht mehr unmittelbar vor der Türe stehen musst, um zu schauen, wer auf der anderen Seite auf dich wartet, alles für deine Sicherheit Robert“.

Im Wohnzimmer angelangt, öffnete Römer eine Flasche Weißwein, diesmal einen Sonnentanz vom Weingut Kovacs aus Deutschkreutz, nahm 2 Gläser und setzte sich mit seinem Freund auf die Wohnzimmercouch, während er nunmehr ausführlicher die Erlebnisse des Vortages schilderte. Die Flasche Wein war nahezu leer, als plötzlich ein Klopfen die Unterhaltung unterbrach.

Römer stand auf, ging zur Wohnungstüre, schaute durch den neuen Spion und als er die

Klopfende erkannte, öffnete er gleich die Türe. „Komm nur herein und mach es dir bequem und nicht erschrecken, ich habe Besuch bekommen"

„So schreckhaft bin ich nun auch wieder nicht" antwortete Regner, während sie ihren Koffer im Vorzimmer der Wohnung abstellte und Römer in das Wohnzimmer folgte.

„Darf ich bekannt machen" setzte Römer an als er unterbrochen wurde – „Oh, die Frau Regner auch wieder einmal in unserem kleinen Bezirk. Ich dachte sie wären schon längst wieder ins Burgenland zurückgereist und ich müsste sie hier nicht mehr sehen" setzte Fritz freundlich lächelnd fort. Er reichte ihr die Hand, worauf Regner meinte „Tja unerwartet kommt oft, noch dazu, wenn man so einen Dickschädel wie ihn kennt" mit dem Kopf deutet sie auf Römer, „was machen so die Geschäfte? Ist noch Wein da oder habt ihr schon alles ausgetrunken? Einen Spritzer würde ich jetzt auch vertragen" Römer ging zum Wandschrank holte eine zweite Flasche Sonnentanz hervor und so begann ein gemütlicher Abend. Für kurze Zeit verschwand das drohende Phantom der Ungewissheit und die Ereignisse der letzten Tage wurden fortgeschwemmt. Nachdem die zweite Flasche auch geleert war, verließ Fritz die Beiden, nicht ohne anzumerken, dass er seine Jungs rund um das Haus postiert hat und lediglich ein Fallschirmspringer die Chance hätte, sich dem Haus unbemerkt zu nähern. Mit einer leicht anzüglichen Bemerkung schloss er hinter sich die Wohnungstüre.

Regner bezog das Gästezimmer und Römer richtet sein Schlafzimmer her. Müdigkeit machte sich bei ihm breit. Als Regner ihn fragen wollte, wer zuerst duschen gehen würde, hörte sie nurmehr ein tiefes Schnaufen, Römer war einfach eingeschlafen.

***

Pünktlich um 22.30 Uhr läutete der Wecker. Trainiert wie er war, war er sofort wach. Er zog eine schwarze Hose und ein schwarzes langärmeliges T-Shirt an. Danach suchte er kurz nach schwarzen Socken und ging dann zu seiner Wohnungstür, um sich die schwarzen Sneakers ebenfalls anzuziehen. Eigentlich rechnete er nicht damit, dass er jemand am Friedhof antreffen würde, aber man konnte ja nie wissen.

Akribisch genau sperrte er seine Wohnungstür ab und prüfte dann noch nach, ob sie auch wirklich verschlossen sei. In einem, ebenfalls schwarzen Rucksack hatte er seine Clock17 mit Schalldämpfer und 3 volle Magazine für die Pistole eingepackt. Das zerlegte Scharfschützengewehr transportierte er in einem eigenen Waffenkoffer. Anschließend fuhr er zum 3.Tor des Zentralfriedhofes mit dem gestohlenen Auto und stellte den Wagen gegen 00.00 Uhr in der Thürnlhofstrasse ab, welche unmittelbar gegenüber dem 3.Tor in die Simmeringer Hauptstraße einmündete. Er holte seinen Rucksack und den Gewehrkoffer aus dem Kofferraum, sah sich um, und lief dann über die Simmeringer Hauptstraße zum Eingangstor des Friedhofes. Nach einem kurzen Rundumblick öffnete er das alte Gittertor des Friedhofes, schlüpfte hindurch und lehnte das Tor wieder so an, dass es nach außen als verschlossen aussah. Knapp 600 Meter vom Tor entfernt, befand sich die Gedenkstätte der Anatomie. Dieser, mit ca. 1,50 Meter hohen Betonplatten umgebenen Platz befand sich in 100 Meter Entfernung zum vorbereiteten Grab des Tresters. An der Rückseite des kreisförmig angelegten Platzes waren höhere Betonplatten aufgestellt worden mit einer Höhe von knapp 2 Metern, auf welchen all die Namen vermerkt wurden, die ihren

Körper nach dessen Tod an die Anatomie vermacht hatten. Die Überreste wurden hier dann begraben. Unmittelbar dahinter standen 3 große Laubbäume deren Äste bis zum Boden reichten und so ein natürliches Versteck bildeten.
Zufrieden legte er den Rucksack und den Gewehrkoffer auf den Boden. Nahm seine Pistole aus dem Rucksack und legte sie neben sich. Dann öffnete er den Koffer und begann das Gewehr zusammen zu bauen, als ihn plötzlich ein Lichtstrahl erfasste und er in seinem Rücken eine Stimme hörte: „Was mach ma denn da um diese Zeit am Friedhof?"

***

„Konrad 21 von Funkstelle"
„Funkstelle Konrad 21"
„Anzeige über eine verdächtige Wahrnehmung beim 3.Tor Zentralfriedhof. Ein Straßenbahnfahrer der Linie 71 gab an, eine dunkle Gestalt wahrgenommen zu haben, welche sich am Gittertor des Friedhofs befand und dann in den Friedhof verschwunden sei. Die unbekannte Person hätte sich

auch verdächtig oft umgesehen dabei. Fahren sie zu und überprüfen sie das Tor“

„Konrad 21 verstanden 3. Tor Zentralfriedhof – verdächtige Person um Mitternacht“ man konnte im Funk das Lächeln den sprechenden Beamten wahrnehmen.

„Also dann fahren wir mal hin und schauen, wer zur Geisterstunde dort herumgeistert“

„Konrad 21 von Konrad, brauchen sie Verstärkung bezgl.3.Tor?“

„Danke Konrad, ich denke mit einem Geist zur Geisterstunde werden wir auch so fertig, möglicherweise brauchen wir die Ghostbusters dann“

„Konrad 21 von Funkstelle, halten sie Funkdisziplin“

„Konrad 21 hat verstanden, sorry, ist aber irgendwie auf der Zunge gelegen“

Nach kurzer Zeit erreichte der Streifenwagen, der sich zur Zeit des Funkspruches am Weichseltalweg befand, dass 3.Tor des Zentralfriedhofs.

„Konrad 21 eingetroffen, wir überprüfen Sachverhalte

„Funkstelle verstanden“

„Eh klar, die Straßenbahn ist schon wieder weg und wir können Suchhunde spielen, schaut doch eh alles versperrt aus, aber ich schau mal nach“ Während der Beifahrer ausstieg, fuhr der Streifenwagen bis an das Tor heran.

Der Beamte am Tor wollte rütteln als das Tor gleich beim ersten Mal von selbst aufschwang.

Sofort drehte der Fahrer des Streifenwagens die Scheinwerfer ab. Links neben dem Eingangstor befand sich die alte Friedhofsverwaltung und dort gab es manchmal auch Einbruchsversuche, obwohl es sich dort schon seit einigen Jahren um ein leerstehendes Gebäude handelte. Der eine Beamte öffnete das Friedhofstor komplett, damit sein Kollege durch das Tor fahren konnte.

Dann drehte er sich um und ging vorsichtig zu dem leerstehenden Gebäude, konnte aber dort keine Einbruchsspuren wahrnehmen. Er machte ein Zeichen zu seinem Kollegen, dass alles in Ordnung sei, als er plötzlich ein Geräusch hörte, wie wenn Metall gegen Stein schlug. Er deutete seinem Kollegen das er weiter ins Friedhofsinnere fahren sollte, wobei er selbst außerhalb des Fahrzeuges blieb, und in die Richtung ging, wo er das vermeintliche Geräusch gehört hatte.

Da die Straßen im Friedhofsgelände alle asphaltiert waren, machte das Einsatzfahrzeug beim langsamen Rollen kaum Geräusche. Vorsichtig ging der Beamte durch die Gräberreihen n Richtung Anatomische Gedenkstätte. Der Weg wurde durch die leuchtenden Kerzen an den einzelnen Gräbern schwach beleuchtet. Als er knapp vor der Gedenkstätte angekommen war, stolperte er fast über eine dunkel gekleidete Gestalt, welche unmittelbar vor einem Baum kniete und an etwas herumhantierte.

„Was mach ma denn da um diese Zeit auf dem Friedhof“ sprach er die dunkle Person an, während seine rechte Hand in die Nähe seiner Dienstpistole ging.

***

In der ersten Schrecksekunde bekam er einen bleiernen Magen, als er die Stimme in seinem Rücken hörte. Doch in der nächsten Sekunde waren seine Sinne wieder geschärft. Ruhe und Gelassenheit machte sich in ihm breit. Langsam begann er seine Muskeln anzuspannen.

„Ich habe gefragt was du da im Friedhof zu schaffen hast“ hörte er die ungeduldige Stimme nun näher an seinem Rücken.

Gespannt wie eine Bogensehne nahm er die Pistole mit dem Schalldämpfer vom Boden rollte sich nach links weg und drückte zwei Mal in die Richtung, aus der die Stimme kam, ab. Er hörte, wie die Projektile in einen weichen Körper aufschlugen und dann ein Geräusch, wie wenn ein Sack zu Boden fiel.

Er wollte sich schon aufrichten, als er das Knirschen von Reifen auf der Asphaltstraße vernehmen konnte. Langsam kroch er zu dem am Boden liegenden Beamten und überzeugte sich, dass der außer Gefecht war.

„Karl, hast du was gefunden? Wo bist du denn eigentlich?“ hörte er eine Stimme aus dem offenen Fahrerfenster des Polizeiautos rufen. Das Knirschen kam nun immer näher.

Genau hinter den Bäumen blieb das Polizeiauto stehen.

„Karl, das finde ich nicht lustig, komm schon sag was, wenn du dich anschleichst, kriegst du eine aufs Maul und unsere Freundschaft ist passe“

Langsam robbte er zu den Bäumen zurück und richtete sich hinter dem Baumstamm auf.

Keine 5 Meter von ihm entfernt stand das Polizeiauto und der Fahrer schaute beim offenen Fenster der Fahrertüre heraus.

„Konrad 21 von Funkstelle, Lagebericht?"
In diesem Moment hechtete er los und schoss ebenfalls zweimal auf den Fahrer, bevor dieser noch zum Funkgerät greifen konnte. Er sah, wie der Beamte auf dem Fahrersitz zusammensackte und lief zur Beifahrertüre des Polizeiautos, öffnete die Beifahrertüre und nahm die Sprecheinheit des Funkgerätes an sich.
„Konrad 21 für Funkstelle, keine verdächtigen Wahrnehmungen, setzen die Streife fort."
„Funkstelle verstanden, ist das Friedhoftor verschlossen, Konrad 21, ich sehe ihren Streifenwagen im Zentralfriedhof?"
„Positiv, wie gesagt keine verdächtigen Wahrnehmungen, alles in Ordnung, sind hineingefahren, um das Gebäude zu kontrollieren, hatten Schlüssel im Wagen mit."
„Funkstelle verstanden, setzen sie die Streife fort, Transponder wieder auf offen gestellt"
„Konrad 21 verstanden"
Wütend warf er die Sprecheinheit auf den Beifahrersitz. Mist-Transponder, dachte er

bei sich. Seit Einführung des Digitalfunks wurden alle neuen Streifenwagen mit Standorttranspondern ausgerüstet, um der Funkstelle auf einem großen Einsatzplan anzuzeigen, wo sich die einzelnen Streifen befinden und welchen Status sie hätten.

Jetzt musste er schnell sein. Er holte den leblosen Körper des ersten Beamten unter den Bäumen hervor und legte ihn auf die Rückbank des Streifenwagens. Danach holte er seinen Gewehrkoffer und den Rucksack, schob den zweiten Polizisten auf den Beifahrersitz und setzte sich selbst hinter das Lenkrad und fuhr im Schritttempo los. Gerade so schnell, dass er auf das Display seines Handys schauen konnte. Irgendwo auf diesem Friedhof werden doch noch offene Gräber sein, wo man die Polizisten nicht so schnell finden könnte. Tatsächlich fand er noch ein Begräbnis, das am morgigen Tag stattfinden würde, genau am anderen Ende des Zentralfriedhofes. Weit genug entfernt, von dem Platz, wo er sich gerade befand.

Er beschleunigte den Streifenwagen, fuhr an den Ehrengräbern beim 2.Tor vorbei, um dann beim Sowjetdenkmal des 2.Weltkrieges nach links abzubiegen und auf der Hauptstraße bis zu der Gräberreihe zu fahren, wo er hoffte das offene Grab finden zu können. Da das Begräbnis erst für 14 Uhr angesetzt war, hoffte er, dass es längere Zeit brauchen würde, bevor die Körper der Polizisten gefunden werden. Er hielt an, steig aus dem Polizeifahrzeug aus, um mit einiger Kraftanstrengung beide Körper in das offene Grab zu schleppen und hineinzuwerfen. Danach lief er zum Streifenwagen zurück und fuhr auf der Rückseite des Friedhofes auf die Mylius Bluntschistrasse, nachdem er das Tor neben einer Gärtnerei geöffnet hatte.

Aus seiner Erinnerung wusste er ungefähr, wo sich der Rayon von Konrad 21 befand, und so fuhr er weiter bis zur Brücke des Zentralverschiebebahnhofes der ÖBB. Beim Umspannwerk der ÖBB in Kledering hielt er den Wagen an, schaltete den Transponder auf Ruhe, suchte dann den Transponder und riss ihn heraus und warf diesen in den Straßengraben. Danach fuhr er mit dem Streifenwagen bis nach Schwechat, wo er auf einem Feld einen alten komplett baufälligen Gutshof wusste, und fuhr den Streifenwagen in ein offenes Nebengebäude, sodass er von außen nicht gleich zu sehen war.

Anschließend nahm er seinen Rucksack und den Gewehrkoffer von der Rückbank des

Autos und begann zu Fuß wieder in Richtung Wien zu laufen.
Er erreichte wieder die Laufgeschwindigkeit, die es ihm ermöglichte, längere Strecken zu Fuß zurückzulegen, ganz so wie er es beim Jagdkommando damals gelernt hatte.
„Sieben kleine Negerleins die wollten alle erben, damit es was zum Erben gab, da mussten zwei noch sterben…" er grinste in sich hinein. Das war zwar nicht planmäßig verlaufen und er musste seinen Plan für das Begräbnis wieder ändern, aber dieses Ergebnis jetzt war genauso gut.

***

Tag 5

Und er sprach, das Land bringe alle Arten von lebendigen Wesen hervor, von Vieh, von Kriechtieren und von Tieren des Feldes auf und in dem Boden. Und so geschah es

Römer stand auf der Klippe der Golden Beach auf Malta und schaute auf das offene Meer hinaus. Er liebte Malta und kannte sich dort aus wie in seiner eigenen Wohnung. Die Sonne schien heiß vom Himmel und eine leichte Brise trieb den Geruch des Meeres in seine Richtung. Unterhalb der Klippe konnte er den golden glänzenden Sand dieses Naturschauschauspieles bewundern. Immerhin war dies der einzige Sandstrand auf der gesamten Insel Malta. Als er zum Sandstrand gehen wollte, läutete plötzlich sein Handy. Warum läutete eigentlich das Handy, nie nahm er das zum Strand mit und schaltete es immer wieder komplett aus, wenn er sich in Malta befand. Er suchte sein Telefon und fand es aber nicht. Das Läuten wurde durchdringender, aber er konnte sein Mobiltelefon nicht finden.

Robert, so wach doch endlich auf, Robert verdammt noch mal wie kann man nur so tief schlafen hörte er die Stimme seiner Kollegin im Hintergrund und wo sich eben noch der Golden-Beach Sand befand, war nun tiefes Schwarz, während er mühsam erwachte.

Unsanft wurde er nun an den Schultern gepackt und gerüttelt, während sein Handy immer noch läutete. Langsam öffnete er die Augen und tastete nach seinem Telefon.

„Burli, net sag du schläfst noch, während in Wien die Wogen hochgehen?“ hörte er die Stimme seines Freundes Heigl in seinem Handy.

„Was ist denn eigentlich los, und wie spät ist es?“

„Es ist 05.30 Uhr und an deiner Stelle, würde ich mich schnell anziehen, denn du wirst gleich sehr viele Anrufe bekommen. Die haben heute in der Früh zwei schwer verletzte Polizisten in einem Grab am Zentralfriedhof gefunden. Es schaut danach aus, als ob dein Psycho heute Nacht wieder zugeschlagen hat, nur diesmal haben beide überlebt. Sie sind zwar verletzt, aber der eine konnte mit seinem Handy Hilfe holen, während der Täter offensichtlich mit deren Streifenwagen in Simmering herumkurvte“

„Gernot, irgendwann musst du mir verraten, wie du das mit deinen Informationen machst“, Römer war nun hellwach und hörte wie im Nachbarzimmer das Handy seiner Kollegin zu läuten begann. Regner verdrehte die Augen und lief ins Nachbarzimmer.

„Vielleicht mal bei einem Bier, aber jetzt schnell raus aus dem Bett, du hast was zu tun“ lachte Heigl am anderen Ende der Leitung, als er auflegte.

Nachdem die Verbindung unterbrochen war, begann sein Handy erneut zu läuten. Sofort hob er ab und hörte die Stimme des SOKO Leiters Schrall. „Robert bist du schon munter, in der Nacht war in Simmering die Hölle los…“

„Oberst ich weiß schon alles, habe eben einen Anruf bekommen, der mir das mit den beiden Polizisten am Zentralfriedhof erzählt hat und ich nehme an, ihr habt schon überprüft, ob es dieselbe Waffe war wie bei den anderen Morden…“

„Wenn ich der Burger wäre, hätte ich dich jetzt schon wieder aus deiner Wohnung geholt, woher zum Teufel weißt du das jetzt schon wieder?“

„Der Heigl hat mich eben angerufen und mich schon vorbereitet, dass gleich mein Handy zu läuten beginnen wird“ Römer musste jetzt selbst grinsen.

„Windlich redet grad mit Katharina auf der anderen Leitung. Ihr packt euch sofort zusammen, und kommt auf das Kommissariat Enkplatz. Die ganze Gruppe trifft dort zusammen. Das Labor hat die Patronen bereits überprüft, sie sind eindeutig ident mit den Patronen von dem Polizistenmord von vor 2 Tagen vor deinem Haus.“
„Wo am Zentralfriedhof, war denn das Ganze“
„Eigentlich am 3.Tor Zentralfriedhof, die Kollegen hatten um 24 Uhr dort einen Einsatz und verschwanden dann plötzlich. Laut den Fahraufzeichnungen fuhr der Streifenwagen noch bis zur Rayonsgrenze und verschwand dann ebenfalls von der Einsatztafel. Nachdem sich die Kollegen über Funk dann nicht mehr meldeten, gab die Funkstelle eine Suchmeldung gegen 01.30 Uhr raus. Knapp eine halbe Stunde später, rief einer der beiden Beamten bei der Funkstelle an und gab durch, dass sie angeschossen seien und in irgendeiner Grube liegen würden. Auf Grund einer Handypeilung konnten sie dann in einem offenen Grab gefunden werden. Beide sind schwer verletzt, wobei nicht lebensgefährlich. Der Täter hat seinen ersten Fehler begangen.

Rund um den Friedhof wurde eine Sperrzone errichtet, und es kommt keiner raus oder rein, bzw. werden alle Begräbnisse vorerst abgeblasen."

„Wir kommen sofort" Römer hörte bereits im Nachbarzimmer, wie sich seine Kollegin anzog," aber ich würde vorschlagen, wir treffen uns direkt am Zentralfriedhof beim 3.Tor, an der Stelle, wo sich die Kollegen das letzte Mal per Funk gemeldet haben, und auf keinen Fall sollten wir das Begräbnis von dem Trester absagen, jetzt schon gar nicht"

„Gut, dann treffen wir uns bei der Anatomischen Gedenkstätte, du weißt, wo das ist?"

„Oberst, ich bin a Simmeringer, wir sind in 20 Minuten dort"

Als er das Gespräch unterbrach, klopfte es an der Wohnungstüre und bevor er diese öffnete, schaute er durch seinen neuen Türspion. Als er sah, wer vor der Tür stand, öffnete er diese sofort.

„Fritz, zu so früher Stunde hätte ich dich nicht erwartet, was ist denn passiert?"

„Ich glaub ich habe da was für dich, einer meiner Jungs hat ein Auto mit Oberpullendorfer Kennzeichen in der Thürnlhofstraße gesehen. Das ist direkt vor der alten Gärtnerei geparkt und rundherum ist ja sonst nichts, und nachdem ich gehört habe, dass sehr viele deiner uniformierten Freunde dort heute herumrennen, habe ich mir gedacht, vielleicht ist das interessant für dich“

Römer griff sofort zum Telefon, ohne lange weiter Fragen zu stellen:“ Oberst ich habe eben erfahren, dass gegenüber dem 3 Tor in der Thürnlhofstraße ein Auto mit OP-Kennzeichen abgestellt ist, ich denke ihr solltet die Spurensicherung sofort dorthin schicken aber mit uniformierten Kollegen, die das Auto absichern. Das könnte theoretisch das gestohlene Fahrzeug aus Oberpullendorf sein. Woher ich das weiß, ist doch egal aber der Tipp ist 100 Prozent seriös.“

Schnell legte er wieder auf, um sich weiter anzuziehen, als er ein süffisantes Grinsen seines Freundes bemerkte.

Hinter sich hörte er seine Kollegin wieder ins Badezimmer gehen und ohne sich umzudrehen, raunte er nur:“ Vergiss es, die ist verlobt und 2 Nummern zu groß für dich Fritz“

„Ach Mann ich schau doch nur, aber durchtrainiert ist sie, dass muss man ihr lassen, von der würde ich mich jederzeit festnehmen lassen. Du die ist viel hübscher geworden als damals, wie sie noch hier

Wachzimmerkommandantin war. Was macht die eigentlich jetzt bei euch?"
„Sie ist Chefin der Mordkommission, also, solange du keine Leiche bist, wird sie dir wahrscheinlich nicht näherkommen, als gestern beim Weintrinken. Sonst noch was? Ich muss mich anziehen, da draußen rennt immer noch ein Serientäter herum und es wäre an der Zeit, dass wir mal den Spieß umdrehen."
Römer schloss die Wohnungstüre und richtete alles her, um sofort zum Tatort fahren zu können. „Kathrin kannst du dich ein wenig beeilen, wir müssen los wie haben einen Tatort wo sie auf uns warten."
„Katharina, wenn schon, und ich brauche nur mehr 5 Minuten", erklang es hinter der Badezimmertüre.
Aus den 5 Minuten wurden 15 Minuten und nachdem sie alles eingepackt hatten, gingen sie zu dem Dienstfahrzeug, wo 2 Burschen aus der Thürnlhofgang herumlungerten. Römer nickte den Beiden zu, woraufhin sie verschwanden. „Der Fritz nimmt das mit der Überwachung mehr als ernst, was ist das so mit euch Beiden, Robert?"
„Das ist eine Geschichte, zwischen ihm und mir also lassen wir das dabei und jetzt ab, wir sind so und so schon zu spät, wieder einmal."

Schon von weiten erkannten sie die Straßen Absperrungen und um nicht bei jeder Sperre ihre Ausweise zeigen zu müssen, setzt Römer das mobile Blaulicht auf das Dach des Zivilfahrzeugen und schaltete es ein, wodurch sie ungehindert passieren durften.

An der Kreuzung Simmeringer Hauptstraße / Thürnlhofstraße hielt er kurz an und sah die Spurensicherung an einem PKW hantieren, der vor einer aufgelassenen Gärtnerei abgestellt war. Um das Auto waren schwer bewaffnete Polizisten der Einheit WEGA postiert.

Danach fuhren sie in das kleine Rondeau ein, dass direkt zum Eingangstor des Zentralfriedhofs führte. Auch dieses wurde von Polizeikräften gesichert und als diese das Blaulicht wahrnahmen, öffneten diese sofort das Tor, sodass sie durchfahren und bis zum vereinbarten Treffpunkt ohne weitere Schwierigkeiten vorfahren konnten.

Der Platz war mit Bändern der Spurensicherung abgesperrt und Römer sah offenbar den zweiten Teil der Spurensicherungsmannschaft in ihren weißen Anzügen akribisch den Boden begutachten. Vor der Absperrung wartete schon der andere Teil der SOKO ausgenommen Riexinger, der war ja direkt im BKA stationiert.

„Morgen Oberst, tut leid, dass wir uns etwas verspätet haben, aber wir mussten uns noch fertig machen und andauernd kam etwas dazwischen“

„Jaja dazwischen, was das wohl war, können wir uns bildlich vorstellen“ feixte Burger herum

„Irgendwann knall ich ihm eine“ hörte Römer in seinem Rücken zischen, „wie ist der Typ überhaupt Kriminalbeamter geworden, der ist doch nicht zurechnungsfähig“

„So wenn die Kinder ausgespielt haben können wir uns vielleicht wieder dem Fall widmen“ Schralls Stimme unterbrach den Disput. „Der Tipp mit dem Auto dürfte voll richtig gewesen sein. Es war tatsächlich der gestohlene PKW aus Oberpullendorf und die Spurensicherung untersucht das Auto gerade sehr gründlich auf irgendwelche Spuren. Beide angeschossenen Kollegen sind bereits operiert und am Leben. Sie werden von Spezialkräften des Einsatzkommandos im Krankenhaus bewacht. Burger und Windlich, ihr fährt nachher ins Krankenhaus und befragt die Kollegen, ob sie sich an etwas erinnern können und vielleicht bekommen wir ja irgendetwas, brauchbares was einer Personenbeschreibung ähnlich kommt, zusammen. Hier bei den Bäumen dürfte der direkte Angriff auf die Polizisten erfolgt sein. Warum gerade hier ist uns noch nicht klar", führte Schrall aus.

„Moment, darf ich mal" Regner übersprang das Absperrband an einer Stelle des Ehrenplatzes, der bereits von der Spurensicherung freigegeben war. Sie kniete sich hinter die Betonplatten und formte aus ihrer Hand quasi ein Fernrohr und hielt es sich vor ein Auge. Dann wechselte sie mehrmals den Standort, bis sie auf einer Stelle länger verharrte. „Na wer sagts denn, ich nehme an in dieser Richtung liegt das Grab von dem Bankräuber, das heute stattfinden sollte" Regner sah den Oberst von der Seite an.

„Das dürfte zutreffen"

„Ja, dann haben wir es. Der wollte das Begräbnis für ein weiteres Attentat nutzen. Mit einem Scharfschützengewehr die perfekte Position hier um alles rund um das bestehende Grab abzudecken. Bevor dort einer gemerkt hätte, woher die Schüsse kommen, hätte der mindesten 3-4 Personen erschießen können. Ich nehme an, der wollte abwarten, welche Polizisten sich da beim Begräbnis

eingeschlichen hätten. Du wärst wahrscheinlich der erste gewesen Robert“ Regner stand wieder auf und kam zu der Gruppe zurück.
„Das glaube ich nicht, ich bin der allerletzte auf der Liste. Die Frage ist halt nur, wie viele stehen noch auf seiner Liste und wann ist das Ende der Liste erreicht.“
„Ok, dann hätten wir mal den Grund, warum hier die Kollegen angeschossen wurden. Ab in die Dienstautos, wir fahren jetzt zu dem Platz wo die Kollegen gefunden und gerettet wurden“
Die Gruppe stieg in die jeweiligen Dienstfahrzeuge und fuhren hinter dem Führungsauto von Schrall durch den ganzen Zentralfriedhof nach.

„Da stimmt doch irgendwas nicht“ sinnierte Römer, während Regner den PKW lenkte. „Warum ist der Typ durch den halben Zentralfriedhof gefahren, noch dazu mit einem Dienstauto der Polizei, das passt doch überhaupt nicht zusammen“
„In der Richtung, wo wir jetzt fahren, gibt es eine kleine Pforte, wo man den Friedhof wieder verlassen kann. Der ist aber hinter einer Gärtnerei versteckt und den kennen eigentlich nur die Simmeringer Polizisten…“

Beide sahen sich gleichzeitig an:“ Der Typ ist von hier“

„Oder war mal hier eingesetzt“ ergänzte Römer. Als die Kolonne anhielt, sahen sie, dass hier die Spurensicherung offensichtlich ihre Arbeit bereits beendet hatte und Römer setzte seinen Vorgesetzten sofort über ihre Theorie in Kenntnis.

Schrall griff zu seinem Handy und rief eine Nummer an: “Riexinger folgendes, überprüfe sofort alle Simmeringer Polizisten, die aktiv im Dienst hier im Bezirk sind. Vor allem über Beschwerden gegen Beamte, auffälliges Verhalten, Dienstpflichtverletzungen, Zwangsversetzungen aufgrund von Disziplinarurteilen und sonstige Auffälligkeiten. Und dann vor allem auf etwaige Ausbildungen als Scharfschütze bei uns oder vielleicht auch beim Bundesheer. Es ist mir klar, dass das Dauern wird, aber nimm dir so viele Leute wie du brauchst und gebt Gas ich denke wir haben erstmals was Greifbares in der Hand gegen den Täter“

Schrall legte wieder auf und deutete auf ein offenes Grab, dass ebenfalls mittels dem Absperrband umrahmt war. „hier hat er die Kollegen abgeladen, offensichtlich in der Hoffnung, dass sie nicht so schnell gefunden werden, danach ist der Täter mit dem Dienstauto bei der Pforte, die ihr da im Hintergrund seht aus dem Friedhof gefahren und in Richtung Kledering bis zur Rayonsgrenze der Polizeiinspektion Kaiser Ebersdorf gefahren und danach ist das Transpondersignal verschwunden. Wir haben bis jetzt den Dienstwagen der Polizisten noch nicht gefunden, hat irgendwer eine Idee?"

„Oberst du sagst der Transponder wurde direkt an der Rayonsgrenze in Kledering ab geschalten?" wandte sich Regner an Schrall, welcher nickte. „Es gibt doch dort in der Nähe das verlassene Spukschloss, also wir haben das immer so genannt. Das steht zwar frei auf dem Feld aber hat überdachte Scheunen und alte Stallungen, und ist seit Jahrzehnten verlassen und niemand kümmert sich darum."

„Du hast recht, wir hatten da mal eine Anzeige, dass irgendwelche Satanisten dort Messen feiern sollten" schaltete sich Römer ein, „aber als wir gemeinsam mit den Kollegen von Schwechat hinfuhren, fanden wir zwar Hinweise darauf aber die Täter selbst konnten nie ermittelt werden. Wir haben das Gebäude dann noch einige Zeit unter Kontrolle

gehalten, aber es ist dann dort nichts mehr passiert."
„Und worauf warten wir dann noch? Ihr beide fahrt vor, ihr kennt den Weg, wir folgen" ordnete Schrall an, woraufhin alle zu ihren Wagen rannten und als Kolonne in Richtung Kledering fuhren.

Den verlassenen Gutshof konnte man schon von weiten auf einem Feld zwischen Kledering und Rannersdorf sehen. Freies Sichtfeld hin nach allen Seiten und so näherten sich die Wagen der SOKO auch nur sehr langsam an das Gebäude an. Von weitem konnte man noch nicht erahnen in welchem Zustand sich die Gebäude in Wirklichkeit befanden. Der ehemals gelbe Putz bröckelte von der Fassade in großen Stücken ab, Fenster waren eingeschlagen, die vormals große Eingangstüre hing aus den Angeln und am Dach fehlte schon eine große Anzahl von Dachziegeln.
In demselben Zustand befanden sich auch die Nebengebäude, wo offensichtlich früher die Stallungen und Lagerräume des Gutshofes untergebracht waren. Unmittelbar vor der Einfahrt hielten die Wagen an und die die Beamten der SOKO holten aus den

Kofferräumen der Dienstautos ihre Schutzwesten hervor.
„Ich denke nicht, dass der Täter noch da ist, aber Vorsicht ist die Mutter der Porzellankiste“, meinte Schrall, als er das weitläufige Gelände betrachtete. „Vielleicht sollten wir auf eine Verstärkung warten?“, wandte Burger ein, „der kann uns doch mindestens genauso gut schon weitem gesehen haben und anvisieren“
„Wenn der da drinnen wäre, würde schon ein Teil von uns liegen, bevor wir noch wüssten, was bei uns passierte“ meinte Römer, „wenn der Täter wirklich Scharfschütze war, ist alles da obsolet“
Vorsichtig näherte sich die Gruppe dem Gebäude an, als Regner auf eine offensichtlich frische Reifenspur deutete, die in Richtung einer Scheune führte. „Ich würde sagen Bingo, was meint ihr, die sind noch nicht alt“
Sie näherten sich der Scheune und nahmen seitlich des Einfahrttors Stellung. Auf ein Zeichen hin, öffneten Römer und Regner das Tor und alle strömten gleichzeitig in das Innere der Scheune, wo sie den vermissten Streifenwagen vorfanden. Nach einer kurzen Durchsuchung der Scheune entspannten sie sich. „Ok wir bleiben erstmal herinnen. Ich

werde die WEGA aktivieren, die sollen das Haupthaus durchsuchen, am besten gleich mit Hunden und dann soll auch die Spurensicherung gleich mitkommen; Schrall schickte sich an alles telefonisch zu organisieren als sich Windlich plötzlich einmischte, „ist euch eigentlich nichts aufgefallen“, er blickte in die Runde, „schaut doch mal beim Fenster rein, das Funkgerät hängt ganz normal in seiner Schiene und du Oberst hast gesagt, er hätte mit der Leitstelle gefunkt.“ Schrall nickte zustimmend. „„ wenn der das Funkgerät gereinigt hat, würde das nicht so da hängen, die Zeit hätte sich der nie genommen und was finden wir dann im Funkgerät?“ Alle sechs redeten es gleichzeitig, „die DNA des Täters“.
Kurze Zeit später, kamen mehrere Dienstwagen der Einsatzeinheit WEGA und der Hundestaffel Wien sowie auch ein Kombi der Spurensicherung zu dem Gutshof. Schrall erklärte den Polizisten ihre Aufgabe und wies die Spurensicherung auf das Funkgerät im Polizeiauto hin.

„So, hier können wir nichts weiter ausrichten. Windlich und Burger, ihr fahrt jetzt ins Krankenhaus zu den angeschossenen Polizisten und versucht alles rauszubekommen. Regner und Römer, ihr nehmt euch die beiden PKWs vor, nachdem die Spurensicherung abgeschlossen ist. Ich selbst fahre mal ins Kommissariat Enkplatz und werde mit den verschiedensten Institutionen reden, wie wir das heute mit dem Begräbnis machen. Derzeit ist es noch nicht abgesagt worden." Schrall schaute auf die Uhr, „wir haben noch 4 Stunden bis zur Entscheidung. Laut Spurensicherung sind sie am Zentralfriedhof fertig mit ihren Arbeiten."

„Oberst ich würde das Begräbnis stattfinden lassen. Nur so können wir vielleicht jetzt schon noch näher an den Täter rankommen. Wir nehmen zu 90% an, dass es sich um einen Polizisten aus nächster Nähe im Umfeld des Tresters handelt. Er wird also quasi gezwungen sein, am Begräbnis teilzunehmen, sonst würde das womöglich auffallen, und nach seiner Rechnung bin zumindest ich noch auf seiner Liste, die er abhacken möchte. Von der Familie selbst kennt mich niemand, da es ja keine Fotos von mir in den Zeitungen oder im Fernsehen gab. Einzig und allein der Täter kann mich also erkennen, wenn ich dort auftauche und möglicherweise verrät er sich dann dort. Regner ist so und so auch vor Ort, du Oberst nehme ich auch an und Riexinger

und seine Leute sind ja auch am Friedhof verteilt, ich glaube also, der Zentralfriedhof ist zu dieser Zeit wohl so ziemlich der sicherste Ort, was die Polizeipräsenz anlangt in ganz Wien. In der Zwischenzeit läuft die Datenauswertung im BKA und in der Gerichtsmedizin wegen der DNA weiter und möglicherweise, wenn wir ganz viel Glück haben, gibt es ja einen Treffer noch während des Begräbnisses und wir können direkt dort zugreifen."
Schrall überlegte kurz, nickte dann, „du hast recht Robert, genauso machen wir es. Das BKA soll so viele Fotos wie möglich von den anwesenden Personen machen, die können wir nachher auswerten, falls wir noch keinen Treffer bis dahin haben. Burger, wenn ihr fertig seid mit der Befragung und es geht sich zeitlich aus, kommt ihr ebenfalls zum Begräbnis, wenn es später werden sollte, Treffpunkt im Kommissariat Enkplatz zur Nachbesprechung. Also kommt schon, wir haben noch viel zu tun."

***

Er erreichte seine Wohnung noch in den frühen Morgenstunden, wo kaum Menschen auf der Straße zu sehen waren. Vor allem in Wien, wo niemand auf den anderen achtete, fühlte er sich ziemlich sicher und so gelang es ihm auch, trotz seiner dunklen Kleidung ungesehen wieder in seine Wohnung zu kommen. Über den Polizeifunk hatte er noch gehört, dass die angeschossenen Polizisten gefunden wurden, doch plötzlich war der Funk wie tot. Sie mussten also ganz Wien auf digitalen Funk umgeschaltet haben und wenn er den Kanal nicht wusste, hatte er kaum eine Chance diesen zu erraten.

Achtlos stellte er das mittlerweile nutzlos gewordene Funkgerät auf eine Kommode. Es lief nicht mehr ganz so, wie er es sich vorgestellt hatte. Aber er liebte Herausforderungen.

Das hatte sich schon bei seiner Ausbildung beim Jagdkommando herausgestellt, als er im Zuge einer Truppenübung aus dem Flugzeug abspringen wollte und sich der Sicherungshacken nicht rechtzeitig geöffnet hatte. Knapp 10 Minuten hing er an der Sicherungsleine an der Außenseite des Flugzeuges, unter ihm das Nichts und der freie Fall und neben ihm die Flugzeugwand, an die er immer wieder durch den eiskalten Flugwind mit seinem Kopf prallte.

Nach 10 Minuten befanden sie sich über dem Wörthersee und dann wurde die Sicherungsleine durchgeschnitten und er prallte aus knapp 10 Meter Höhe in den See mit voller Ausrüstung. Er hatte Glück und wurde nicht schwer verletzt, die Ausrüstung liegt heute noch im See, derer er sich glücklicherweise entledigen konnte, aber seitdem hatte er immer wieder diese Kopfschmerzen, die ihn schlussendlich auch dazu zwangen, das Jagdkommando zu verlassen. Das war jetzt knapp 12 Jahre her. Er war damals 19 Jahre und hatte bereits das volle Ausbildungsprogramm des Jagdkommandos absolviert. Die Truppenübung sollte eigentlich seine Abschlussprüfung sein.
Nach dem Bundesheer meldete er sich bei der Wiener Polizei und bestand die Aufnahmeprüfung im sportlichen Teil mit Auszeichnung, im schriftlichen Teil kam er gerade so durch, aber es wurden damals viele neue Polizisten gesucht und schließlich wollte er ja kein Schriftsteller werden.
Er sah sich in seiner Wohnung um. Irgendwie hatte er das Gefühl, dass er diese nicht mehr brauchen werde. Er würde in die Wohnung seiner Großmutter übersiedeln, die vor 2 Jahren verstorben war. Er brachte es damals

nicht übers Herz, die Wohnung aufzugeben und wie es sich nun herausgestellt hat, war das eine gute Entscheidung gewesen. Er packte seine Kleidung in 2 Koffer, nahm die wenigen Erinnerungsstücke, die er in der Wohnung platziert hatte, ebenfalls mit, und nachdem er die komplette 40 Quadratmeter Wohnung auch noch mit Chlorreiniger ausgesprüht hatte, sperrte er sorgfältig ab, packte die beiden Koffer in seinen eigenen PKW und fuhr anschließend in den 12.Bezirk in die Hoffingergasse, wo die Wohnung seiner Großmutter war.

***

Der Parkplatz vor dem Zentralfriedhof füllte sich langsam. Offensichtlich trauerten doch mehr Menschen um den erschossenen Bankräuber als ursprünglich angenommen. In der Zwischenzeit waren alle Absperrbänder der Polizei oder Indizien auf eine polizeiliche Überwachung und der Spurensicherung verschwunden, Und doch spürte man die Polizeipräsenz hier vor dem Friedhof, auch wenn nur wenige uniformierte Beamte zu sehen waren.

Römer hatte wieder seinen Ohrstecker im Ohr und bereute es schon, da ein reger Funkverkehr zwischen den überwachenden Beamten herrschte. Es war aber wichtig mit allen Beamten, die hier am Zentralfriedhof platziert waren Kontakt halten zu können. Ursprünglich hatte er vorgeschlagen einen Sonderkanal nur für die Ermittlungsgruppe zu öffnen, dies war aber abgelehnt worden, da man oft auch aus harmlos klingenden Funkmeldungen, die eine oder andere wichtige Mitteilung herausfiltern konnte.

Als er erfahren hatte, dass die Witwe mit Familie angekommen war, spazierten er und Regner als unbeteiligte Besucher des Friedhofes auf dem Hauptweg entlang um einen Blick auf die beteiligten Personen werfen zu können. Vor allem Regner versuchte die einzelnen Personen, die ihnen entgegenkamen, zu identifizieren, da ja die Annahme bestand, dass der Täter bei ihr am Wachzimmer in Kaiser Ebersdorf einmal tätig gewesen war.

„Ich kenne da niemanden“ sagte Regner als die Gruppe der Trauernden außer Hörweite war. „Einen Versuch wars trotzdem wert“ meinte Römer und sah sich noch einmal um. „Gehen wir in Richtung der Aufbahrungshalle und schauen wir uns mal die gesamte

Trauergesellschaft an, vielleicht kannst du ja dort noch jemanden erkennen“ sagte er zu Regner, während er sie vom Hauptweg zur Aufbahrungshalle hinführte.
„Seid aber vorsichtig und geht nicht zu nahe ran, ich brauche dort keinen Aufstand oder Skandal falls dich jemand dort erkennt, Robert“ tönte die Stimme seines Chefs aus seinem Ohrmikrophon. „Wer sollte mich dort erkennen, es gab kein Bild in der Zeitung oder in einem Fernsehbericht und wenn mich wer erkennen sollte, dann kann es nur der Täter sein, falls ich denjenigen nicht auch durch Zufall kenne, meinst du nicht Oberst?“
„Ich sag ja nur, dass ihr vorsichtig sein sollt und mehr nicht. In der Aufbahrungshalle sind so und so auch Leute von uns, die alle Trauernden fotografieren.“
In diesem Moment fiel von hinten eine Hand auf Regners Schulter und eine männliche Stimme war zu hören,“ Kathi was treibt dich denn vom Burgenland wieder mal nach Simmering, das muss ja eine Ewigkeit her sein, dass wir uns das letzte Mal gesehen haben“
Regner drehte sich abrupt um und fixierte den hinter ihren stehenden Mann. „Kurt Oberhauser, ja das ist eine Ewigkeit her, so 4-5 Jahre schätze ich einmal, schön dich zu

sehen. Darf ich vorstellen Chefinspektor Oberhauser, ehemals Wachzimmerkommandant der Kaiser Ebersdorferstrasse und das hier ist Revierinspektor Römer aus Niederösterreich, ein Kollege von mir“

Oberhauser musterte Römer, „ich denke wir kennen uns noch, bist du nicht der Kollege, der in der Pantucekgasse wohnt?“

Römer ergriff die ihm hingehaltene Hand und lächelte freundlich zurück, „ich wusste gar nicht, dass ich so sehr amtsbekannt bin, aber es stimmt ich bin dieser Kollege“

Oberhauser musste laut auflachen, “ihr unterschätzt immer wieder die Stadtpolizei, wir kennen uns auch aus in unserem Rayon“ dabei zwinkerte er Regner zu.

„Das versuche ich ihm schon die ganze Zeit zu erklären, aber irgendwann wird er es auch kapieren. Aber jetzt ernsthaft, was treibt dich hierher, soweit ich weiß, bist du doch jetzt im 22.Bezirk am Kommissariat der Chef geworden“

„Kathi da hast du recht, aber ich kannte den Trester ja auch und mich wundert, dass du ihn nicht auch kanntest. Sein bester Freund war doch einige Zeit bei uns am Wachzimmer und der Trester hat den doch oft von uns abgeholt und dann sind wir das eine oder andere

Mal auf ein Bierchen gemeinsam gegangen. Denk mal nach, dann fällts dir vielleicht wieder ein…“

Bei den letzten Sätzen war Römer aufmerksam geworden. „Ich will mich ja nicht wirklich einmischen in euren Geplänkel aber weißt du vielleicht noch, wie der Kollege geheißen hat, den der Trester bei euch abgeholt hat?“

„Ja natürlich, das war der Poldi also Leopold Wagner“, kam dem hochgewachsenen Beamten noch über die Lippen, als er plötzlich die Augen weit aufriss und wortlos nach hinten kippte. Auf seiner Stirn war ein kleines Loch zu sehen aus dem ein dünner Blutsfaden plötzlich rann.

Im ersten Moment starrten Römer und Regner den gefallenen Kollegen an und danach reagierten sie blitzschnell und sprinteten jeder in eine andere Richtung davon.

Regner hechtete hinter ein groß angelegtes Grabmal und Römer rannte bis zur Seitenwand der Aufbahrungshalle, wo er vermeintlich vor weiteren Schüssen geschützt war. Hinter ihm hörte er noch ein Zischen und einen Einschlag einer Kugel in einen Stein.

„An alle, der Schütze ist am Friedhof, ich wiederhole, er hat eben einen Kollegen erschossen, sofort alles abriegeln und das Begräbnis in der Aufbahrungshalle abbrechen. Gesucht wird ein Poldi oder Leopold Wagner, offensichtlich noch aktiver Polizeibeamter im Raum Wien“ schrie er dabei ins Mikrofon. „Werner, wenn du mithörst, bitte sofort alle erdenklichen Daten über den Typen ausgraben. Oberst wir brauchen sofort einen Hubschrauber über dem Zentralfriedhof und alle, die eine Waffe und eine Schutzweste tragen können.“

Römer blieb hinter der Rückwand der Aufbahrungshalle gehockt, hatte seine Pistole gezogen und versuchte auszumachen, wo sich Regner versteckt haben könnte. Er war sich zwar sicher, dass sich der Schütze mittlerweile von seinem Standort wegbewegt hatte, wusste aber auch, dass er mit seiner Pistole so und so keine Chance gegen ein Scharschützengewehr hatte.

„Kathrin alles ok bei dir?“ fragte er über Funk nach, bekam aber keine Antwort. Er hörte großes Rumoren in der Aufbahrungshalle des Friedhofes. Offensichtlich haben die dort anwesenden Beamten die Türen verschlossen und es gab viele Proteste der Trauergemeinde. Ebenso konnte er von Seiten des Friedhofseinganges das Heranpreschen mehrere Fahrzeuge hören, wobei als erstes Fahrzeug der Pandur-Schützenpanzer der Alarmabteilung WEGA mit eingeschaltetem Blaulicht fuhr. Über Funk rief er dem Fahrzeugkommandanten des Schützenpanzers zu, dass er ihn bei der Aufbahrungshalle aufnehmen solle, und die anderen Kollegen ersuchte er nach Regner zu suchen, da sie sich trotz mehrmaligem Nachfragen nicht mehr meldete.

Kurze Zeit später, rannte er gebückt zum inzwischen eingetroffenen Schützenpanzer, hechtete in die geöffnete Seitentüre in das Innere und hörte hinter sich die Türe gleich wieder zuschlagen.

Im Inneren des Wagens rief er sofort dem Fahrer zu in Richtung der Anatomiegräber zu fahren. „Verdammt, wir haben einen Fehler gemacht. Das offene Grab war nie das Ziel, die Aufbahrungshalle war es in Wirklichkeit, wir haben uns so sehr auf das Begräbnis konzentriert und nicht auf die Aufbahrung, wie konnte uns das nur passieren, hat irgendwer was von Katharina gehört?“ Danach sah er sich im Schützenpanzer um und bemerkte, dass ihn 8 Augenpaare unverständlich anschauten. Auf jeder Seite des Panzers saßen 4 voll ausgerüstete WEGA-Beamte und Römer konnte im düsteren Innenlicht des Fahrzeuges nur die Umrisse und die Augen der Beamten wahrnehmen. Er deutete auf sein Ohr „Ohrhörer, ich bin nicht verrückt“, versuchte Römer die Situation zu entspannen.

„Wir sind da, wie solls jetzt weitergehen, ich kann niemanden hier erkennen““ fragte der Fahrzeugkommandant der WEGA. „Ok, dann alle mal raus aber nur unter größter Vorsicht, wir haben es hier mit einem Kollegen zu tun, der offenbar eine Scharfschützenausbildung besitzt, und er zögert nicht auf Polizisten zu schießen.“ Durchsucht bitte das Gelände und ich kann euch nur einen Tipp geben, wenn ihr ihn seht, nicht fragen, sondern sofort schießen.“

Römers eindringliche Stimme dürfte seine Wirkung nicht verfehlt haben, denn alle nickten und verließen dann den Panzer, so wie sie es hunderte Male bereits geübt hatten und begannen mit der Durchsuchung des Betonringes bei den Anatomiegräbern und danach den östlichen Teil des Friedhofes.

Endlich hörte er auch über Funk, dass Regner wohl verletzt und bewusstlos aber immerhin lebend gefunden wurde und ein Rettungsfahrzeug für sie angefordert wurde.

Da die Beamten der Wega offensichtlich niemanden angetroffen hatten, stieg er auch aus dem Panzer aus und ging zu dem Rondeau der Anatomiegräber. Als er das Innere betrat, sah er, dass er mit seiner Vermutung recht hatte. Zwei leere Gewehrpatronenhülsen waren aufgerichtet auf der Betonumrahmung sichtbar platziert worden, offenbar als Zeichen für die Erhebungsgruppe hinterlassen.
„Er war hier, ich habe die Patronenhülsen gefunden und den Platz, von wo er geschossen hat, ich würde hier die Spurensicherung und weitere Suchmannschaften brauchen, er kann doch nicht vom Erdboden verschwunden sein“. „Bleib bei deinem Standort,“ hörte er die Stimme des Obersts in seinem Ohr, “wir kommen gleich zu dir, wir müssen zuerst einmal eine völlig aufgebrachte Witwe, deren Kinder und einige Verwandte des Tresters beruhigen. Die sind grad völlig am Durchdrehen hier“
Schon kurze Zeit später trafen die Spurensicherung und Beamte des Einsatzkommandos COBRA und weitere Dienstfahrzeuge der WEGA bei seinem Standort ein. Nach einer kurzen Besprechung begannen die Beamten die Durchsuchung des Friedhofs in die westlichen Teile in Richtung Ehrengräber

auszudehnen. Römer stand allein im Mittelpunkt des Betonkreises als sein Handy wieder läutete. Gedankenverloren nahm er ab, und war sofort elektrisiert, als er die Stimme wiedererkannte.

„So viele Polizisten und keiner konnte die beiden Quasseltanten retten. Ich konnte den Oberhauser noch nie leiden und naja deine Kollegin eigentlich auch nicht und jetzt fragst du dich wohl, wann du dran bist… Ich kann es dir verraten schon sehr bald, aber vorher habe ich noch was zu erledigen“ hörte Römer die Stimme aus dem Telefon.

Im Hintergrund hörte Römer Wasser fließen und Schritte, wie wenn jemand durch ein Wasser ging.

„Soll ich Poldl zu dir sagen oder Wagner oder Beides, oder einfach nur Verrückter“

„Nana, nicht die Contenance verlieren Herr Kollege. Ich sehe, ich habe den Oberhauser zu spät ausgeschalten, aber auch egal ihr bekommt mich nur, wenn ich das auch möchte. Du kannst nicht einmal deine eigenen Leute aus der Gruppe schützen. Schade um den Blondschopf, ich hoffe ihr hattet noch eine angenehme Nacht miteinander, bevor ihr sie dann gleich hier auch begraben könnt“

Wieder hörte Römer im Hintergrund Wasser rauschen.
Er drehte sich herum, konnte aber am ganzen Zentralfriedhof keinen See oder Teich oder ein fließendes Gewässer erkennen. „Komm gib schon auf, was soll das Ganze denn? Du willst mich, dann hol mich doch oder kannst du dich nur verstecken und aus dem Hinterhalt herumschiessen. Hat man dir diese Feigheit beim Jagdkommando gelernt?"
„WAS WEISST DU VOM JAGDKOMMANDO, DU HAST DOCH KEINE AHNUNG DU VERSCHISSENER KLEINER CITYCOP. WAS GLAUBST DU WAS WIR HIER MACHEN, EIN SPIEL? NIMM DAS WORT NIE MEHR IN DEN MUND SONST ERLEIDEST DU QUALEN DIE DU DIR GAR NICHT VORSTELLEN KANNST…"
In der Zwischenzeit waren die anderen aus der Erhebungsgruppe ebenfalls zum Betonkreis gekommen und Römer stellte das Handy auf Lautsprecher, sodass alle den letzten Wutanfall mitbekamen. Regner hatte ein großflächiges Pflaster auf der linken Gesichtshälfte kleben und ihr deutete Römer, dass sie ja nichts sagen solle. Immer wieder konnte man im Hintergrund Wasser rauschen

hören und die Gruppe sah sich fragend und Schulterzuckend an.
„Nun gut Poldl, du hattest deine 5 Minuten, aber ab jetzt ist die Rechnung noch nicht beglichen. Wir werden dich jagen bis dir die Luft ausgeht und jedes Mal, wenn du dich umsiehst, wirst du dich fragen, ob ich nicht schon hinter dir stehe, denn ab jetzt drehen wir den Spieß einmal um mein „HERR KOLLEGE, ich wollte immer schon mal Jäger sein..." dann schaltete Römer sein Handy abrupt ab. Alle starrten ihn an.
„Wir haben ihn da, wo wir ihn haben wollten, er beginnt die Nerven zu verlieren. Katharina er glaubt, dass er dich auch erwischt hat, wie geht es dir? Und kann mir irgendwer mal sagen, wo es hier am Friedhof einen Fluss oder sowas ähnliches gibt?"
„Er hat nur den Grabstein getroffen, und ein Steinsplitter hat mir die Wange bzw. das Ohr angekratzt, aber ich bin sonst ok," antwortete Regner," und hier gibt es weit und breit keinen Fluss oder Bach oder ähnliches, das ist ein Friedhof."
Alle drehten sich um die Achse und suchten die Umgebung ab.
„Was ist denn das für ein Gebäude, da hinten links" fragte Schrall, während er auf ein

betoniertes Haus in ca. 200 Meter Entfernung zeigte.
Regner schaute auf, “ach das ist nur eine Toilette, die gibt es in regelmäßigen Abständen überall auf dem Friedhof verteilt, damit die Besucher sich auch erleichtern können. Der Friedhof ist ja…“ Plötzlich stockte sie in ihrer Ansprache „die Kanalisation, der ist in der Kanalisation. Die ganzen WCs sind mit Kanälen verbunden, die raus zum Hauptkanal auf die Simmeringer-Hauptstraße führen.“
Sie begannen alle gleichzeitig in Richtung des Betonhäuschens zu laufen und blieben kurz davor vor einem Kanalschacht stehen, der direkt am Hauptweg angelegt war. Währenddessen rief Schrall bereits das Einsatzkommando ebenfalls zu seinem Standort. Man konnte deutlich sehen, dass der Eingangsdeckel zum Kanalschacht verschoben und somit erst kürzlich geöffnet worden war.
Gemeinsam öffneten sie vorsichtig den Deckel und starrten in ein dunkles Loch. Am Rand des Schachtes war eine Metallleiter montiert und dieser Schacht war offensichtlich so konzipiert um als Einstieg für die Wiener Kanalbrigade zu dienen, falls es zu Verstopfungen oder Säuberungen im Kanalsystem kam. Am Fuße des Schachtes hörte man

ein Plätschern von Wasser, genau wie vorher aus dem Mobiltelefon des Täters. Der Oberst ordnete an, dass zwei Gruppen des Einsatzkommandos in den Schacht steigen und sich dann unten teilen sollten, um jede Richtung abdecken zu können.

Nachdem die Beamten im Kanalschacht verschwunden waren, nahm die SOKO um ihren Leiter Aufstellung und schauten diesen fragend an.

Schrall lenkte seinen Blick auf Römer. „Und was jetzt weiter?"

„Moment Oberst etwas Wichtiges sollten wir zuerst noch machen. Katharina ruf du deine Eltern und den Markus an. Überzeug sie derzeit nur schwarze Kleidung zu tragen und der Markus soll sofort Dienstbefreiung beantragen, offiziell für die nächsten 3 Tage"

Regner schaute Römer entgeistert an. „Ja ich will dich vorerst für tot erklären lassen. Du hast ja gehört, dass der Täter glaubt dich auch erschossen zu haben und wir werden dies zu unserem Vorteil ausnutzen. Du bist jetzt unsere Schattenfrau. Werner, ihr vom BKA habt doch sicher irgendwo in Wien eine sichere Wohnung, wo du Katharina unterbringen kannst, und zwar am besten jetzt sofort. Sie darf von niemanden derzeit in unserer

Begleitung gesehen werden. Wir werden mit dir telefonisch in Kontakt stehen und du wirst uns folgen und aufpassen, ob wir verfolgt werden“

Sofort begann Regner zu telefonieren und auch Römer griff wieder zum Handy.

„Burli, was treibst du da eigentlich, jeden Tag eine neue Story über einen Amoklauf und jetzt wieder ein erschossener Polizist, solltet ihr den Typen nicht einmal jetzt erwischen?“, die Stimme seines Freundes kam sehr sorgenvoll aus dem Lautsprecher.

„Gernot du irrst, es sind zwei Tote, schreib noch die Chefinspektorin Katharina Regner dazu, Leiterin der Burgenländischen Mordkommission wurde ebenfalls heute am Zentralfriedhof vom Verdächtigen erschossen. Ich kann dir gar nicht sagen wieviel ich dir schon schuldig bin, aber diesen einen Gefallen brauche ich noch. Wir sind ihm auf der Spur, wir wissen, wie er heißt und wo er gewohnt hat, wir brauchen aber unbedingt diese Meldung noch heute in der Abendausgabe der Krone. Wir werden uns nach dem Ende dieser Fahndung auch offiziell bei der Kronen Zeitung für die Falschmeldung entschuldigen, aber ich brauche unbedingt die zweite Tote in den Nachrichten. Und noch was, wir suchen einen Leopold Wagner, ebenfalls Polizist als dringende Auskunftsperson. Das Foto erhältst du vom Werner Riexinger gleich zugemailt. Das ist allerdings schon ein bisschen älter."

„Burli ich hoffe du weißt, was du tust, das nimmt mittlerweile Apokalyptische Formen an. Ist der Wagner wirklich eine Auskunftsperson oder der Täter? "

„Reims dir zusammen, aber es soll ihn niemand direkt ansprechen, da reicht ein Funke und der explodiert, wie eine Rakete und wir haben noch mehr Tote dann herumliegen. Es gibt eine Alarmfahndung nach der anderen, aber Wien ist groß und hat viele Häuser, und Gernot DANKE"

***

Er spurtete los in dem Kanal in Richtung Hauptstrang auf der Simmeringer -Hauptstraße. Wenn er diesen erreichte, hatte er es geschafft. Vom Hauptstrang gingen bei jeder Straße ein Seitenstrang weg, sodass es für etwaige Verfolger unmöglich ist zu wissen war, welchen Seitenstrang diese wirklich nehmen mussten, um ihn zu verfolgen. Er begann zu laufen. Das Atmen fiel ihm schwer, obwohl

es hier unter dem Friedhof kaum Ausdünstungen von Fäkalien gab, aber umso näher er an den Hauptstrang kam, umso stärker wurde der Geruch. Sämtliche Abwässer der Siedlungen trafen hier zusammen und wurden dann in Richtung Entsorgungsbetriebe Simmering – der Kläranlage der Stadt Wien umgeleitet. Einem Spürhund würde es unmöglich sein, bei diesem Gestank seine Fährte zu halten und so versuchte er nur kurz zu atmen, um nicht die vollen Gerüche der Kanalisation einatmen zu müssen.
Weit hinter ihm konnte er die Lichtkegel von Taschenlampen wahrnehmen und er überlegt kurz ob er sich auf Lauer legen sollte, um den einen oder anderen Verfolger noch auszuschalten, aber dann dachte er, dass sie wahrscheinlich Beamte des Einsatzkommandos in den Kanal geschickt haben, und die waren von einem anderen Kaliber als Kriminalbeamte. Für einen sicheren Schuss verschleierten die Abwasserdämpfe die Sicht also lief er den Hauptstrang unter der Simmeringer-Hauptstraße weiter bis zum 1. Tor Zentralfriedhof. Und wich dann in einen Seitenstrang in Richtung Seeschlachtweg ab. Hier wurde der Kanalschacht schmäler und er musste aufpassen, dass er nicht mit seinem

Kopf an die Betondecke schlug. Ungefähr in der Mitte des Kanalschachtes befand sich der Ausstieg, den er suchte und den er vorher schon ausgekundschaftet hatte. Der Ausstieg befand sich auf einem verlassenen Parkplatz eines Gebrauchtwagenhändlers der in Konkurs gegangen war und war zur Straßenseite durch Büsche und dem ehemaligen Bürogebäude vor neugierigen Blicken geschützt.

Er stieg die Leiter hoch und drückte den Deckel langsam hoch. Nachdem er sich vergewissert hatte, dass niemand draußen auf ihn wartete, schob er den Deckel ganz weg, und kletterte aus dem Schacht. Zuvor hatte er schon trockene Kleidung in einer Sporttasche auf der Rückseite des leerstehenden Bürogebäudes versteckt. Er nahm die Tasche und stieg durch ein eingeschlagenes Fenster in das Gebäude ein.

Da an das Bürogebäude eine Kfz-Werkstatt angeschlossen war befanden sich dort auch für die ehemaligen Mitarbeiter Duschen und glücklicherweise war das Wasser und der Strom noch nicht abgeschalten, sodass er mit warmem Wasser unbemerkt von außen, duschen konnte.

Während er unter der Dusche stand, kreisten seine Gedanken um die Tatsache, dass sie

jetzt seinen Namen kannten. Eigentlich wäre das jetzt der richtige Zeitpunkt aus Österreich zu verschwinden und sich irgendwo auf dieser Welt ein neues Leben aufzubauen. Aber seine andere Seite erklärte ihm, dass er noch diesen Römer erwischen musste, bevor er das Weite suchen könne. Er war überzeugt, dass er diesen Landgendarmen noch eine Lektion erteilen musste. Zufrieden, dass er die eine Polizistin seiner Verfolgergruppe ausgeschalten hat, beendete er den Duschvorgang. Er trocknete sich ab und nahm die saubere Kleidung aus der Sporttasche. Den mittlerweile stinkenden Tarnanzug ließ er in der Ecke der Duschen liegen, er hätte so und so keine Gelegenheit mehr diesen zu waschen. Danach zerlegte er sein Gewehr und verstaute dieses in der leer gewordenen Tasche.
Mittlerweile hatte die Abenddämmerung eingesetzt und er sah sich in dem verlassenen Bürogebäude um. Es standen noch immer die Schreibtische in einem Raum, wie wenn sie noch auf Kunden warten, welche die nicht vorhandenen PKWs kaufen wollten. In der Werkstätte war noch die alte Hebebühne vorhanden, aber alle technischen Geräte waren sorgfältig entfernt worden. In einem kleinen Raum fand er noch einen Esstisch und

mehrere Sessel vor und er beschloss hier noch zu warten, bis es draußen ganz dunkel werden würde. So konnte er dann eher unbemerkt wieder auf die Straße gehen und dann auch zur nahegelegenen U-Bahnstation gelangen, um von dort mit der U-Bahn weiterzufahren.

Er überlegte ob er es noch riskieren konnte in die Wohnung seiner Großmutter zurückzukehren und ging alle Vorgänge durch, wie er zu dieser Wohnung gekommen. Er war dort nicht gemeldet, seine Großmutter hatte einen komplett anderen Namen gehabt und so richtiger Kontakt war eigentlich nie gegeben. Niemand in seinem Umfeld wusste von dieser Erbschaft und er hatte dies auch geheim halten können. Auch im Grundbuch schien er nicht auf, was er einem seltsamen Umstand zu verdanken hatte, also beschloss er doch wieder in diese Wohnung zurückzukehren und sich noch einmal auszuschlafen. Morgen musste er auf Jagd gehen. Auf Jagd nach diesem Römer um dann so schnell als möglich aus Österreich zu verschwinden.

Sie wussten immerhin schon seinen Namen und würden mit ihren Ermittlungen nicht so schnell aufgeben, nachdem einige Polizisten von ihm erschossen worden waren. Dies war aber alles nur Mittel zum Zweck gewesen.

Am meisten Genugtuung aber verlieh ihm der Tod dieser blonden Beamtin. Diese konnte er schon zu den Zeiten nicht leiden, als sie zusammen ihren Dienst am Wachzimmer Kaiser Ebersdorf verrichtet hatten. Sie war seine Vorgesetzte gewesen und nörgelte immer an ihm herum. Einmal hatte sie ihn sogar verwarnt, als er noch in der Probezeit war.

Er hörte auch noch ihre Stimme im Ohr:

„Poidl, da war gestern jemand am Wachzimmer der sich über dich beschwert hat“

„Und wer war das Frau Abteilungsinspektor?“

„Eine Christiane Forecker, sie meinte du hättest sexuelle Gefälligkeiten von ihr verlangt, damit du eine Anzeige von ihr verschwinden lässt“

(„Herr Inspektor, sie müssen doch nicht so streng sein, da gibt es doch ganz andere Möglichkeiten wie wir das handhaben können.“ Sie war lt. ihrem Führerschein 19, blond und sehr adrett gekleidet und in einer 30er Zone 70 km/h gefahren. „Nun gnä Frau aber ihren Führerschein werden sie für 4 Wochen los sein, das war einfach zu schnell hier in der 30er Zone.“

„Muss denn das wirklich sein", sie lächelte ihn aufreizend an und ihr Schenkel öffneten sich leicht, sodass er den schwarzen Spitzenslip sehen konnte, den sie unter ihrem kurzen Rock trug. Er war allein auf Fußstreife unterwegs gewesen und der schnittige Sportwagen war ihm sofort aufgefallen.
„Und welche Möglichkeiten schweben ihnen da so vor?"
„Warum denn so förmlich Herr Inspektor ich bin die Christiane, warum steigen sie denn nicht ein und wir fahren auf ein ruhiges Plätzchen, wo ich mich für ihr Entgegenkommen bedanken kann?"
Zuerst zögerte er noch, aber als sie an ihrer Bluse noch einen Knopf öffnete und die Beine weiter spreizte, steckte er den Notizblock ein und setzte sich auf den Beifahrersitz. Offensichtlich wusste sie genau, wo sie hinfuhr, denn sie fuhr auf die Bast, ein Großgartengrundstück wo um diese Zeit nicht gearbeitet wurde.)

„Ja diese Dame habe ich gestern kontrolliert, aber es war nichts zu beanstanden, also habe ich sie wieder weiterfahren gelassen"

(sie beugte sich über ihn und wollte ihn küssen, aber er fing sie an den Haaren ab und drückte ihren Kopf zwischen seine Beine, „jetzt mach schon du Nutte oder glaubst du ich habe den ganzen Tag Zeit" Sie wollte

etwas sagen, also riss er sie an den Haaren zurück, „Horch zu, das war deine Idee und nicht meine, also führ dich nicht so auf, sonst knall ich dir ein paar, damit du auf andere Gedanken kommst“

Sie begann zu weinen und herumzuziehen und herauszuwürgen, sodass er Angst hatte, dass sie ihn vollkotzen werde. Er begann sie zu schimpfen und verlangte von ihr, dass, sie ihn in Richtung Kaiser Ebersdorferstrasse wiederbringen solle. Kurz davor, auf einem Platz wo sie niemand sehen konnte, ließ er sie anhalten „Horch zu Katz, wenn du ein Wort sagst, ich habe deine Daten, dann wirst du es büßen, das verspreche ich dir“)

„Da hat sie aber einiges anders behauptet. Sie hat gemeint du hast ihr gedroht“

„Frau Abteilungsinspektor, warum sollte ich ihr denn drohen, wenn sie nichts angestellt hatte. Ich habe mir den Namen nur gemerkt, weil sie sehr hübsch war und einen schnittigen Sportwagen fuhr“

„Es steht Aussage gegen Aussage und sie hatte auch keine Beweise, aber eines sage ich dir, sollte sich das häufen, werde ich dafür sorgen, dass du deine Probezeit hier nicht überstehst. Hast du mich verstanden?“

„Wenn ich doch nichts getan habe, aber ist eh klar ihr Frauen haltet immer zusammen und der Mann ist dann immer der Angeschmierte.“

(Er hatte ihr versprochen, dass er sich bei ihr melden würde, falls sie irgendjemanden von dem Vorfall erzählen sollte. Er hatte ihre Adresse und als sie einmal spät an einem Abend heimkam, stand sie vor einem dunkel gekleideten Mann mit einer Staubmaske, welcher sie in den hinteren Teil ihres Gartengrundstückes zerrte, immer ein Messer an ihrem Hals, sodass sie sich nicht getraute zu schreien. In der Dunkelheit angekommen, schlug er sie wortlos zusammen, bis sie sich nicht mehr rührte).

Jetzt hatte die Vergangenheit auch seine ehemalige Chefin eingeholt, nur schade, dass er es ihr nicht mehr um die Ohren schlagen konnte, aber die Befriedigung ob seiner Rache war ausreichend für den einen Tag.

Im Schutze der einsetzenden Dunkelheit verließ er den Autoplatz und machte sich auf den Weg in Richtung Simmeringer Platz. Da er wusste, dass alle U-Bahnstationen mit Stationskameras ausgestattet waren, ging er zum Taxistandplatz Hasenleitengasse, und nahm ein Taxi und ließ sich zur Altmannsdorferstrasse bringen. Wie wenn er sich plötzlich überlegt hatte, gab er dem Taxilenker die Order ihn in die Hetzendorferstraße zu bringen und direkt vor dem Restaurant Beethoven zu halten. Dort angekommen, zahlte er und tat so, als ob er das Restaurant betreten wollte. Nachdem das Taxi gleich weitergefahren war, drehte er um und ging anschließend durch die kleinen Gassen von Hietzing wieder in seine geerbte Wohnung über die Bezirksgrenze. Vor dem Gemeindebau angekommen, blieb er in einer dunklen Ecke stehen und beobachtete die Umgebung und als er nichts Verdächtiges sehen konnte, beschloss er seine Wohnung zu betreten.

Er legte seine Utensilien ab und setzte sich dann an den kleinen Esstisch in der Küche der Wohnung. Er ließ den Blick herumschweifen, als wolle er sich ein letztes Mal noch alles genau einprägen. Die Erinnerungen an seine Großmutter kamen hoch. Immer wenn er sie besuchen kam, kochte sie für ihn in dieser kleinen Küche. Während der Polizeischule unterstützte sie ihn, obwohl sie selbst nur eine kleine Pension hatte. Er liebte es von ihr bekocht zu werden. Sie war für ihn Vater, Mutter und alles, was zu einer Familie gehörte. Was sie wohl jetzt zu der ganzen Situation sagen würde…. Er grübelte und doch wusste er, dass es für einen Rückzug zu spät war.

Einmal wollte er sich noch ausschlafen, bevor er dann diesen Römer erledigen wollte und dann die Flucht nach Afrika antreten würde. Als Weißer würde er zwar dort sofort auffallen, aber er wollte nach Botsuana, dort waren noch viele Weiße unterwegs und hatten ihre Farmen und außerdem waren dort die Behörden korrupt genug, um ihn nicht nach Österreich wieder auszuliefern, falls sie ihn dort überhaupt finden würden.
Er brachte eine Sprengfalle an der Eingangstüre der Wohnung an und ebenfalls an den Fenstern, obgleich die von den Rollläden geschützt waren. Die Ausbildung beim Jagdkommando war halt sehr gründlich, dachte er noch bei sich, als er die dritte Sprengfalle anbrachte. Dann legte er sich ins Bett und versuchte sich zu beruhigen und einzuschlafen.

***

Die Fahndungen verliefen negativ und als Römer am Abend bemerkte, dass die Abendausgaben der Zeitungen an die Kioske angeliefert worden waren, kaufte er sich eine Zeitung und sah 3 Fotos direkt auf der Titelseite der Kronen Zeitung abgebildet. Gleichzeitig wurden die beiden toten Polizisten erwähnt

und eben auch ob jemand den dritten Polizisten gesehen hatte, da dieser noch abgängig sei und man quasi die Hoffnung hatte, dass dieser nicht auch noch ein Opfer des Psychokillers geworden ist. Gernot das kann ich nie wieder gut machen für diese Idee, dachte Römer bei sich. Danach rief er Regner in ihrem Versteck an und überzeugte sich, dass sie tatsächlich in Sicherheit war.
Schrall hatte für den Abend noch am Kommissariat Enkplatz eine Einsatzbesprechung anberaumt und so fuhr Römer direkt vor das Kommissariat, stellte seinen PKW dort ab und betrat das straßenseitig gelegene Wachzimmer.
Unmittelbar nach dem er das Wachzimmer betreten hatte, glaubte er in einen Bienenstock gelandet zu sein. Zahlreiche Beamte in Uniform und Zivil liefen herum, telefonierten, schrieben Notizen, riefen sich gegenseitig etwas zu und beachteten ihn kaum. Er zeigte seinen Dienstausweis her und wurde von einem jungen Beamten sofort in ein Besprechungszimmer im Hinteren der Dienststelle gebracht, wo die anderen der Einsatzgruppe bereits auf ihn warteten. Römer nickte allen zu und warf die Zeitung in die Mitte des ovalen Tisches. Schrall nahm die Zeitung auf,

betrachtete die Titelseite, zog eine Augenbraue hoch und reichte die Zeitung dann an die anderen weiter.

„Perfektes Timing Robert“ bemerkte Schrall.“ Wir haben heute die Wohnung des Wagner geöffnet. Die Spurensuche ist noch dabei nach Spuren zu suchen, aber sie haben sich schon bei mir gemeldet. Angeblich ist die Wohnung so blitzblank, dass sie nicht einmal Fingerabdrücke von ihm in der Wohnung gefunden haben. Er muss die gesamte Wohnung mit Chlorbleiche behandelt und geputzt haben, bevor er sie verlassen hat. Sie sagen es würde so aussehen, als ob er nicht damit gerechnet hat dorthin zurückzukehren. Wir haben auch schon sämtliche Hotels und Beherbergungsbetriebe verständigen lassen und auch die Polizeifotos werden allen mittels E-Mail und Fax zugesendet. Eigentlich sind wir wieder einmal dazu verdammt, um zu warten.“ Schrall schaute in die Runde, „oder hat wer eine bessere Idee?“
„Kann mir eigentlich wer sagen, was da draußen am Kommissariat bzw. am Wachzimmer abgeht?“ Römer war der erste der sich meldete. „Die Telefone scheinen ja nicht mehr still zu stehen“

„In der Zeitung wurde erbeten hier am Kommissariat Simmering Informationen oder Wahrnehmungen zu melden, falls jemand den vermissten Polizisten gesehen hat. Und seitdem standen die Telefone nicht mehr still. Es mussten schon Beamte aus den anderen Wachzimmern abgezogen werden, um hier Telefondienst zu verrichten aber auch die ankommenden Informationen zu verifizieren, überprüfen und falls sie ihnen wichtig erscheinen an uns weiterzuleiten. Ich habe uns bei „Jimmys Apartments Lory“, gleich 500 Meter von hier gegenüber, alle Apartments reserviert, damit wir erreichbar sind, sollte etwas in der Nacht passieren, aber dass wir auch mal eine Nacht halbwegs durchschlafen können, sofern man uns lässt. Auch für dich Römer. Ich möchte die Gruppe beisammenhaben, falls wir ausrücken müssen. Falls sonst nichts mehr ist, auf in die Apartments und ruht euch aus. Draußen vor der Tür stehen für jeden von euch Einsatztaschen bereit, die uns die Kollegen vom Einsatzkommando zusammengestellt haben. Jeder hat eine schutzsichere Weste und ein Steyer-Sturmgewehr, sowie 200 Ersatzpatronen bereits auf magaziniert drinnen. Ebenso für jeden ein Funkgerät mit In-Eareinrichtung und noch so allerlei

Krims Kramms. Bestellt euch was zu Essen und lasst es euch liefern, ich möchte niemanden irgendwo suchen müssen. Und jetzt ab."

Schrall versucht zu lächeln, während sich die Gruppe erhob, vor der Türe die Einsatztaschen nahmen und dann in Richtung des angegebenen Apartmenthauses gingen. „Robert, noch auf ein Wort bitte".

Römer drehte sich um und ging in den Einsatzraum zurück. „Was ich noch sagen wollte, wir haben deine Eltern jetzt von einer Einheit des Einsatzkommandos unter Polizeischutz gestellt. Die Salzburger Kollegen waren da sehr kooperativ. Aber kannst du mir erklären, warum wir die Katharina auch für tot erklären mussten?"

„Oberst, das ist doch ganz einfach. Der Wagner konzentriert sich nicht mehr auf Katharina, das heißt, die ist aus seinem Blickfeld verschwunden. Das war der erste große Fehler, den er gemacht hat. In seiner ganzen Überheblichkeit hat er geglaubt, dass er sie getroffen hat und hat nicht die leiseste Ahnung, dass sie weiterhin im Spiel ist. Solange sie nicht bei uns wieder zu sehen ist, hat sie freie Bahn für Ermittlungen. Sie versucht

gerade jetzt den kompletten Hintergrund dieses Wagners herauszubekommen.
Also lass ihr ein bisschen Freiraum, sie weiß, was sie macht. Darum auch das Ersuchen, dass ihr Lebensgefährte und die Eltern vorübergehend schwarz tragen, falls der Wagner sie kontrollieren möchte. Vor allem weil ihr Lebensgefährte bei der Wiener Hundestaffel ist. Da würde es auffallen, wenn der normale Dienst weiter verrichten würde. Ach ja, Oberst, ich habe mir erlaubt diesen Markus in die sichere Wohnung mit einzuladen samt Hund, damit die Regner wirklich abgesichert ist. Er hat jetzt 3 freie Tage bekommen." Römer grinste seinen Vorgesetzten an.
„Ich sag jetzt lieber nichts mehr, aber sie soll sich vorsehen, nicht dass das noch schief geht, und jetzt geh schon und schlaf dich etwas aus" Schrall deutete zur Tür.
Römer nickte, hob seine Einsatztasche hoch und ging zum Ausgang des Kommissariats.

***

„Diensthundestaffel Stammersdorf, Guten Abend, was kann ich für sie tun?"

„Könnte ich bitte den Bezirksinspektor Breitenecker sprechen, ich hätte eine dringende Nachricht für ihn von seinen Eltern"

„Tut mir leid, aber der Bezirksinspektor hat sich 3 Urlaubstage genommen, wegen einem Trauerfall in seiner Familie. Kann ich ihm irgendetwas ausrichten? Mit wem spreche ich denn?"

„Dann werde ich ihn am Handy anrufen und es ihm ausrichten. Ich habe seine Nummer, ich dachte nur er sei im Dienst. Wissen sie vielleicht durch Zufall um welchen Trauerfall es sich handelt?"

„Darüber darf ich ihnen leider nichts am Telefon sagen, darf ich um ihren Namen bitten?"

Danach legte er einfach zufrieden auf. Die Jagdgruppe hatte sich verkleinert. Er schaltete das Mobiltelefon aus, nahm die Batterie aus dem Klapphandy und zerstörte die Sim-Karte. Sie hatten, bevor sie mit den Überfällen begonnen, einen großen Vorrat an alten Klapphandys und verschiedenen SIM-Karten angelegt, um nicht gleich ortbar zu sein, und das hatte sich als großer Vorteil erwiesen. Er wollte einfach sicher gehen und hatte die Antwort bekommen, die er sich erhofft hatte.

Erneut legte er sich wieder in sein Bett und diesmal konnte er zufrieden einschlafen.

***

„Er hat tatsächlich angerufen, Robert, du hattest recht“

„Oberst wo hat er angerufen“

„Bei der Diensthundestaffel in Stammersdorf, er wollte den Breitenecker sprechen. Der Kollege am Telefon hat glücklicherweise sehr schnell geschalten, und das Telefonat mitgeschnitten und uns per Mail gesendet. Er war es 100-prozentig“

„Ich denke wir haben heute eine ruhige Nacht, auch ein Typ wie er braucht mal seine Ruhe, um den Energiespeicher aufzutanken, aber wir sind noch nicht fertig. Morgen geht's dann so richtig los. Mich würde nur interessieren, wo der die Nacht verbringt, der hat ganz sicher noch irgendwo ein Schlupfloch. Gute Nacht Oberst“

„Gute Nacht Robert und passt auf und keine Alleingänge mehr“

Römer legte auf und holte nochmal die Personalakte und Erhebungsakte hervor, wo alle Erkenntnisse über den Täter aufgelistet waren. Er setzte sich in dem Apartment an den Küchentisch und breitete alle Unterlagen vor sich aus. Irgendwo haben sie sicher etwas übersehen, aber nur wo.

Er erschrak als das Mobiltelefon neben ihm zu läuten begann. Er schaute auf das Display und sah, dass ihn Regner anrief.

„Katharina, was gibt's Neues, wie ist es so, wenn man für tot erklärt wurde?"

„Nicht so lustig wie du es dir vielleicht vorstellst. Da werden sehr viele Entschuldigungen dann notwendig werden. Markus ist jetzt hier und auch unser Hund, aber darum rufe ich dich nicht an"

„Hast du schon gehört, der Wagner hat bei der Dienststelle vom Markus angerufen und hat sich erkundigt, wo er ist"

„Ja der Bertl, also der Kollege von der Hundestation hat sofort den Markus angerufen, nachdem der Typ angerufen hatte. Markus hat ihnen gesagt, sie sollen noch bei jedem weiteren Telefonat vorsichtig sein. Aber worum es mir geht. Ist dir eigentlich aufgefallen, wie dürftig die Personalakte von dem Wagner ist. Ich bin normal nicht schlecht am Computer und beim Erheben, aber ich finde über den Typen nichts heraus. Kein Privatleben, keine Nebenberuflichen Tätigkeiten, keine auffallenden Vorkommnisse im Dienst. Da steht doch mehr im Akt eines Polizeischülers drinnen als bei dem, der schon einige Jahre im Dienst ist."

„Jetzt wo du es sagst, hast du recht", Römer blickte auf den Tisch und die darauf verteilten Unterlagen. „Aber wie kann das sein, der hat doch keinen Zugang zum Personalbüro oder ins interne Netz, da komme ich nicht mal rein, selbst jetzt nicht, und könnte daher auch nie etwas verschwinden lassen oder dazu schreiben"

„Genau, das habe ich mich auch gefragt und ein bisschen recherchiert. Vor allem deshalb, weil ich selbst mit dem Wagner einen Vorfall hatte, wo sich ein junges Mädchen über ihn beschwert hatte und ich ganz sicher weiß, dass ich diesen Vorfall in die Akte eingetragen habe. Aber der scheint nicht mehr auf. Und deshalb habe ich schauen lassen, wer denn da so Zugriff auf die Akte hatte, und stell dir vor, in regelmäßigen Abständen wird die Akte von einer Kanzlei aus dem Polizeipräsidium angefordert und überarbeitet und ich verwette meinen Lohn, dort sitzt genau jenes Mädl, dass sich damals über den Wagner beschwert hat. Ich kann mich leider nicht mehr an den Namen von der erinnern, aber ich habe veranlasst, dass mir der morgige Dauerdienst sofort in der Früh die Daten dieses Mädels übermittelt, und ich denke wir sollten der mal auf den Zahn fühlen.“

„Leite die Sachen sofort an uns weiter, sobald du sie hast. Auf das Zahn fühlen, werden wir übernehmen. Ich halte dich auf dem Laufenden. Du bist jetzt unser Ghost und hältst uns den Rücken frei. Genießt den heutigen Abend irgendwie. Ich habe gehört, die Wohnung wo ihr untergebracht seid, ist ziemlich luxuriös eingerichtet und ausgestattet. Und sag deinem Markus Danke, auch wenn ich ihn noch nicht kenne“

„Wird gemacht und schlaft euch mal aus“

Genau das war es, was ihn die ganze Zeit gestört hatte, nicht das, was in der Akte stand, sondern dass eigentlich nichts in der Akte stand und er wusste aus eigener Erfahrung, gerade bei ihm war viel in der Akte vermerkt, und dieser Wagner was doch kein unbeschriebenes Blatt. Er schrieb ein schnelles E-Mail an alle Gruppenteilnehmer von seinem Laptop und setzte alle über die Erhebungen von Regner in Kenntnis.

Anschließend klappte er das Laptop zu, legte sich ins Bett und schaltete den Fernseher ein. Auf allen österreichischen Kanälen war die

Sondermeldungen über die Schießerei am Zentralfriedhof zu sehen. Irgendwelche Polizeisprecher gaben nichts sagende Statements ab und es wurden auch die Fotos der Kronen Zeitung gezeigt, wo die „erschossenen“ Polizisten gezeigt wurden aber auch das Foto vom Wagner.

Irgendwer musste den doch in diesem Wien gesehen haben, das war doch unmöglich, dass sich jemand so verstecken kann, nachdem seine Wohnung von Polizisten gestürmt und überwacht wurde.

Er drehte sich um, schaltete den Fernseher wieder ab und spürte, dass er mehr als übermüdet war als er einschlief.

***

TAG 6

Er schuf also den Menschen nach seinem Abbild. Als Mann und Frau schuf er sie. Seid fruchtbar und mehret euch, bevölkert die Erde, unterwerft sie euch und herrscht über alle Lebewesen im Wasser und am Land. Er sah alles an, was er geschaffen hatte, und es schien ihm gut

Römer saß auf seinem Bürostuhl am Polizeiposten Himberg, als das Telefon zu läuten begann. Er versuchte den Hörer abzunehmen, aber immer, wenn abheben wollte, rutschte das Telefon von ihm weg. Immer wieder versuchte er das Telefon zu erreichen, um das eindringliche Läuten endlich abstellen zu können, aber es gelang ihm nicht. Was er auch versuchte, immer wieder gelang es dem Telefon sich ihm zu entziehen. Römer merkte, dass etwas nicht stimmen konnte und er wachte schweißgebadet auf. Zuerst wusste er nicht, wo er sich befand, und dann kam alles wieder hoch, dass es sich offensichtlich nur um einen Traum gehandelt haben konnte. Alles war ein Traum gewesen, nur das Läuten des Telefons war real. Er blickte kurz auf die Uhr und sah, dass die Handyuhr 04.23 Uhr anzeigte. Immer wieder läutete das

Mobiltelefon, und als er abhob und sich meldete hörte er die Stimme des Gruppenleiters Schrall:“ Na endlich Robert, komm sofort rüber ins KOAT, wir haben die Kleine die für den Wagner gespitzelt und seine Akte frisiert hat. Ich denke du solltest beim Verhör dabei sein“.
Römer bejahte und legte mit einem Fluch auf. Anschließend ging er kurz ins Badezimmer, machte sich etwas frisch, was um diese Uhrzeit kaum möglich war, packte sein Laptop ein und verließ das Appartement in Richtung des Kommissariats Enkplatz.
Dort angekommen, glaubte er immer noch in einem Bienenstock angekommen zu sein. „Ich wusste gar nicht, dass Simmering so viele Polizisten im Dienst hat“ dachte er bei sich, als er schon von der anderen Seite Schrall sah, der ihm deutete zu ihm zu kommen.
Als Römer Schrall erreichte, drückte der ihm eine Tasse mit schwarzem Kaffee in die Hand und grinste dabei. „Ich weiß doch, dass dies nicht unbedingt deine Uhrzeit ist, also trink mal, damit du munter wirst. Die Kleine hat sich selbst bei uns gemeldet. Offenbar ist jemand in ihrer Nachbarwohnung die Polizeipräsenz aufgefallen und hat sie telefonisch

verständigt was dort los ist. Daraufhin hat sie nichtsahnend beim Journaldienst angerufen und der hat sie ersucht, ob sie dringend ins Präsidium kommen könnte, da ihre Hilfe benötigt würde. Sie kam tatsächlich, wo sie dann vom Werner in Empfang genommen und hierhergebracht wurde. Jetzt sitzt sie dort drinnen und weiß angeblich nicht, warum sie dasitzen muss, vielleicht kannst du mal mit ihr reden, die weiblichen Beamtinnen sind uns ja derzeit etwas ausgegangen"
Römer machte einen Blick durch die offene Tür in den Kanzleiraum und sah eine junge Frau mit maximal 30 Jahren auf einem Holzstuhl sitzen. Hinter ihr aufgebaut die massige Figur seines Kollegen Werner Riexinger und vor ihr ein nicht minder massiger Beamte, den Römer nicht kannte, der aber immer wieder auf die Frau einredete.
Römer nickte und betrat dann den Raum. „Kollege", sagte Römer zu dem ihm unbekannten Mann, „wärst du bitte so nett und würdest du Werner und mich hier allein lassen, das würde uns sehr helfen". Verblüfft schaute ihn der Polizist des BKA an, sah kurz zu Riexinger, der leicht nickte und danach ging dieser aus dem Raum.

Römer sah kurz zu Werner, lächelte und setzte sich genau vor die junge Frau. Riexinger und Römer hatten des Öfteren bei Verhören am Posten Himberg zusammengearbeitet und so wussten Beide, was als nächstes kam.

„Werner, Werner", begann Römer," in was hat sich da unsere Kollegin wohl hineingeritten. Aber ist sie eigentlich noch eine Kollegin, wenn man genauer betrachtet, was sie alles gemacht hat?". Römer legte den dicken Ermittlungsakt schwungvoll auf den Tisch, sodass es einen lauten Knall gab.

Die junge Frau zuckte erschrocken zusammen. „Könnte mir einer der Herren einmal verraten, was das Ganze hier soll. Immerhin bin ich Beamtin des Polizeipräsidiums und was fällt ihnen ein, mich, um diese Uhrzeit hierher zu schleppen. Ich verlange sofort die Verständigung des Hofrates Stockinger damit ich diesem berichten kann, wie ich hier behandelt werde, und zwar sofort, was bilden sie sich eigentlich ein"

Römer lächelte sie an, und Riexinger setzte sich jetzt neben Römer an den Tisch und lächelte ebenfalls.

„Mädl, Mädl, der Stockinger wurde bereits unterrichtet und je nach Lage der Dinge, und die entscheiden wir“ Römer deutete auf Riexinger und sich selbst,“ hast du heute um 08 Uhr noch einen Job oder du kannst dich arbeitslos melden beziehungsweise, wird das dann die Strafanstalt für dich machen. Du sitzt hier wegen Beihilfe zu 6 Raubüberfällen und mehrfachen Mordes und Mordversuchen, also wäre es an der Zeit von deinem hohen Ross ganz schnell runterzukommen und anfangen zu erzählen was du mit dem Wagner Leopold zu tun hast. Wir wissen, dass du ihn kennst, wir wissen, was du gemacht hast und was wir wissen wollen ist, wo er ist, da ja in der Akte nichts ersichtlich ist, nachdem du sie immer wieder durchforstet und Sachen gelöscht hast. Also Kurzfassung WO IST ER? Römer wurde während seiner Ansprache immer lauter und setzte all seine aufgestauten Emotionen in die letzte Frage.

Zuerst schaute ihn die Frau überrascht und ängstlich an, dann begann sie zu weinen und schüttelte sich vor lauter Weinkrämpfen.

„Hör zu Mädl, das Weinen kannst du dir sparen, weine lieber über die vielen toten und verletzten Polizisten, die dein Hawara auf dem Gewissen hat. Wenn du seine Akte nicht gesäubert hättest, wären wir viel früher auf ihn gekommen.“ mischte sich nun Riexinger ins Gespräch ein.

„Er hat mich doch dazu gezwungen und erpresst. Ich hatte doch keine Chance gegen den. Seitdem ich mich über ihn beschwert hatte und nichts dabei rausgekommen ist, hat er mich laufend besucht, Fotos von mir gemacht und mir gedroht alles an meine Vorgesetzten zu senden. Dabei hat er mich immer wieder verprügelt, als Erinnerung wie er immer so schon sagte. Was blieb mir denn anderes über, mir hat doch niemand geglaubt. Aber ich wollte das Alles doch gar nicht“

Das ist schneller gegangen als ich vermutet habe, dachte Römer bei sich.

„Okay okay, jetzt beruhige dich mal Mädl, wichtig ist nur, was hast du gelöscht und wo ist er jetzt? Wo können wir ihn finden?“

„Er hat mich immer wieder angerufen, wenn irgendwelche negativen Einträge in seine Dienstakte erfolgen hätten sollen oder wenn es neue Beschwerden über ihn gab. Die wollte er raushaben. Nur einmal war es etwas ganz Normales. Da wollte ein Notar seine Adresse wegen einer Verlassenschaft, er sollte etwas erben und der Notar konnte ihn nicht finden.

Warum er das Löschen wollte, weiß ich nicht, aber das war schon seltsam. Das ist auch noch gar nicht so lange her, vielleicht ein oder zwei Jahre oder so etwa." Ängstlich schaute die Beamtin die beiden Polizisten an.

„Und wie hieß der Notar?"

„Irgendwas mit Hagen...Hagenbutte...Hagen... Nein Hagenauer, ganz sicher Hagenauer aus Wien"

Riexinger nickte Römer zu und stand auf, um in einer anderen Kanzlei diesen Hagenauer ausfindig zu machen.

„Ich wusste wirklich nichts von den Überfällen und dass der Wagner der Polizistenmörder sein soll. Das habe ich erst erfahren, als mich die 2 Beamten aus dem Präsidium abgeholt haben, da sah ich sein Bild in der Zeitung, die dort beim Journaldienst lag, ich bin doch nur Personalreferentin und habe mit dem Polizeigeschehen nichts zu tun. Das müssen sie mir glauben, wirklich, ich wusste doch nichts davon", erneut begann die Frau zu weinen.

Kurze Zeit später kam Riexinger wieder in das Zimmer zurück. „Es gibt wirklich noch Leute, außer uns, die in der Nacht das Telefon abheben. Dieser Notar war ein Volltreffer. Es ging damals um die verstorbene

Großmutter dieses Wagner. Die hatte ihm eine Wohnung im 12.Bezirk vererbt. Unter dieser Adresse scheint aber niemand auf. Das ideale Versteck, wenn man untertauchen muss."

Römer schaute Riexinger an. „Vielleicht ist es jetzt endlich mal vorbei. Fährst du mit mir mit? Oberst verständigst du bitte die Cobra, die sollen die Wohnung sofort stürmen ohne viel Rücksicht auf irgendwem. Es ist bis jetzt schon zu viel Rücksicht genommen worden. Die Jagdsaison ist eröffnet. Das Gebiet soll großräumig abgesperrt werden, damit die COBRA ungestört den Einsatz durchführen kann. Wenn wir jetzt wegfahren, sind wir in knapp 20 Minuten dort. Beziehungsweise wenn Werner fährt, wahrscheinlich eher in 15 Minuten", er musste lächeln, wenn er an den Fahrstil seines Kollegen dachte, mit dem er schon einige rasante Einsatzfahrten erleben musste.

Während Schrall telefonierte, packten die Beiden ihre Jacken und liefen zu dem vor dem Kommissariat geparkten Dienstwagen. Während sie durch das Kommissariat hasteten, hörten sie im Ohr noch den Funkspruch, „die WEGA ist durch Zufall direkt vor Ort mit 4 Einsatzwägen und werden den Zugriff durchführen, die sind genauso gut ausgerüstet wie die COBRA und wissen, um wen es sich handelt."

Dann wollen wir hoffen, dass das auch gut geht, dachte Römer noch bei sich und riss die Beifahrertür des Dienstwagens auf. Werner sollte also doch lieber fahren.

***

Irgendwas hatte ihn aufgeweckt. Er schaute auf seine Uhr und bemerkte, dass es erst 05.25 Uhr war. Durch die heruntergelassenen Rollos konnte er den anbrechenden Morgen bereits erkennen und doch störte ihn etwas, wobei er nicht gleich erkennen konnte was denn nicht stimmte.

Es war einfach zu ruhig. Kein Vogel zwitscherte und obwohl es sich um einen Samstag handelte, waren keine Personen im Haus oder auf der Straße zu hören.

Mit einem leisen Fluch war er plötzlich hellwach und versuchte durch den kleinen Spalt an seinem Fenster nach draußen zu schauen. Still lag die kleine Parkanlage vor ihm, die die eine Häuserreihe des Gemeindebaus von der anderen Häuserreihe trennte. Aber eben zu still. Als er etwas zur Seite blickte, erkannte er auch, warum es so still war. Durch die große Einfahrt in das Areal der Gemeindebauten, die die Wohnanlage mit der Hauptstraße verband, sah er einen Streifenwagen der Polizei stehen und mehrere Beamte konnte er wahrnehmen, die sich offensichtlich für einen Einsatz ausrüsteten. Für einen normalen Beobachter würde diese Tätigkeiten nicht weiter auffallen, verliefen sie sehr ruhig und ohne Worte ab, bei ihm läuteten aber alle Alarmglocken. Schnell zog er sich an, nahm seine Waffentasche und schaltete die Sprengfallen beim Fenster scharf, da er genug gesehen hatte. Dann schlich er leise zu Türe und blickte durch den Weitwinkeltürspion in den Flur des Hauses. Dort befand sich noch niemand und so beschloss er, die Türe vorsichtig zu öffnen. Als er den leeren Flur sah, schlich er aus seiner Wohnung, schloss die Türe vorsichtig, nachdem er auch dort die angebrachte Sprengfalle wieder scharf schaltete und lief über die Treppen hinauf zum Dachboden des Hauses. Auf einigen Erkundungsgängen hatte er bemerkt, dass der Dachboden alle 4 Häuser, des Wohnhausreihe miteinander verband, offensichtlich war das die billigere Variante eines Dachausbaues und so konnte er schnell von einem Haus zum nächsten wechseln. Alle Mieter hatten einen Dachbodenschlüssel bekommen, da man dort auch Wäsche zum Trocknen aufhängen konnte, wie es früher in diesen älteren Häusern üblich war. Als er die Dachbodentüre erreicht hatte, schloss er diese leise auf, betrat den langen Raum dahinter und versperrte nach ihm dann wieder die Türe. Anschließend lief er an das andere Ende des Dachbodens, was bedeutete, dass er 3 Häuser weiter angekommen war.

Dort schloss er wieder die Türe auf, und setzte sich hin, um zu warten. Die Explosionen würde er sicher hören und in dem anschließenden Chaos unbemerkt verschwinden können. Zumindest war das sein Plan. Die kleine Nutte musste ihn verraten haben, dachte er noch bei sich, denn nur der Notar und sie wussten von dieser Wohnung, aber mit der würde abrechnen, wenn ein bisschen Gras über die Sache gewachsen war, denn er vermutete, dass sie auf irgendeinem Kommissariat festgehalten wurde oder gar im Bundesministerium.

Er wartete ca. 30 Minuten und dachte schon, dass die Polizei die Sprengfallen gefunden entschärft hätten, als es plötzlich zweimal kurz hintereinander laut krachte und der

Dachboden selbst noch wackelte und einzelne alte Dachziegeln herunterfielen. Ab jetzt hatte er ein kurzes Zeitfenster, dass er nutzen wollte. Schnell zog er sich ein normales T-Shirt über seinen schwarzen Overall an und verstaute seine Waffen in der mitgebrachten Tasche. Danach zog er die Dachbodentüre leise auf und bemerkte, dass schon einige Leute laut und verstört im Stiegenhaus nach unten liefen. Schnell lief er ebenfalls die Treppen hinunter und schloss sich der Menschenmenge an.

***

Als Riexinger und Römer beim Wohnblock im 12. Bezirk ankamen, konnten sie gleich direkt bis zur mobilen Einsatzzentrale durchfahren.
„Schau dir diesen Aufwand an, wenn der durch den Wirbel da nicht munter geworden ist, dann fresse ich einen Besen aber die WEGA wird schon wissen, was sie tut“, meinte Werner zu Römer.
„Jetzt mal den Teufel nicht gleich an die Wand“ antwortete Römer und stieg unmittelbar bei zwei Offizieren aus, die offensichtlich ebenfalls vom Einsatzkommando waren und aufregt ins Funkgerät sprechen.

„Ich nehme an ihr seid vom Einsatzkommando, mein Name ist Römer und ich komme von der SOKO Wagner“ stellte sich Römer den Offizieren vor. Während einer den Beiden nickte, sprach der andere gerade ins Funkgerät und er konnte noch das Wort „Zugriff“ verstehen, als es plötzlich laut zweimal donnerte und obwohl sie durch ein anderes Haus geschützt waren, bebte bei ihnen noch die Erde und eine große Staubwolke kam durch die Komplexeinfahrt zu ihnen auf die Straße.

„Was zum Teufel.... Oh mein Gott“ hörte Römer den einen Offizier ins Funkgerät brüllen. Als er sich umsah, bemerkte er Riexinger, der hinter einem Polizeifahrzeug in Deckung gegangen war und nickte ihm zu.

„Die Wohnung war mit Sprengfallen vermint, warum hat uns das niemand gesagt“ richtete sich der zweite Polizeioffizier an Römer.

„Weil wir das selbst nicht wussten oder ahnen konnten. Die ursprüngliche Wohnung war nicht vermint. Das heißt aber, Wagner ist hier oder war hier. Wenn wir Glück haben, war er noch in der Wohnung, als sie explodierten, dann wäre endlich alles vorbei.“

Römer nickte Riexinger zu und beide liefen durch die Einfahrt in das Innere des Wohnkomplexes. Als sie das Innere erreichten, blieben sie stehen. Dort wo offensichtlich einmal Fenster gewesen waren, war nun ein großes schwarzes Loch. Davor lagen zwei Polizisten unter ihren Einsatzschildern, welche aber offensichtlich nur leicht verletzt waren. Überall lagen Staub und Ziegelbruchstücke herum. Man konnte einen direkten Blick in die Wohnung von außen werfen und konnte auch den 2.Explosionsort wahrnehmen. Wo früher offensichtlich die Eingangstüre war, war ebenso ein großes Loch zu sehen. Hier war die Verwüstung allerdings ärger, da die Sprengkraft im Inneren des Hauses war und somit viel mehr Schaden angerichtet hatte als die beim Fenster, wo die Druckwelle der Explosion nach außen wegging. Auch vor dem zweiten Loch konnte er Bewegungen wahrnehmen und so hoffte Römer, dass auch die Kollegen, die dort vor Ort waren, nur verletzt wurden.

Hinter ihm konnte Römer bereits weitere Einsatzkräfte hören, die ihren Kameraden zu Hilfe eilen wollte, also begann er auch zu laufen und sprintete direkt zu dem großen Fensterloch. Neben ihm befand sich Riexinger und so kamen sie beide nahezu gleichzeitig dort an.

***

Er konnte sich sehr gut unter die panisch weglaufenden Menschen mischen. Kurz schaute er zurück und sah, wie Römer und noch ein Mann in Zivil zu dem Loch lief, wo einmal sein Fenster war. Innerlich musste er grinsen, nach außen spielte er den geschockten Mann, der der Masse folgte und genau in die Gegenrichtung der Polizistenansammlung lief. Er rechnete damit, dass die meisten Polizisten ihre Absperrpunkte nach den Explosionen aufgehoben hatten, um zum Tatort zu kommen und er hatte mit dieser Vermutung recht. Langsam blieben die ersten Personen stehen und so verlangsamte auch er seine Geschwindigkeit um dann im normalen Schritt die Menschenansammlung hinter sich zu lassen, um über die Sonnengasse zur Hauptstraße zu gehen. Auf der Breitenfurterstraße hielt er ein Taxi an und er fuhr mit diesem dann in Richtung Prater.

„Haben sie gesehen wieviel Polizei dagestanden ist, kommen sie von dort? Was ist denn da passiert?"

„Ja habe ich auch gesehen, da dürfte etwas gebrannt haben oder so, ich bin leider von der Straßenbahnlinie 62 zu früh ausgestiegen und jetzt war mir da zu viel los, da ist es besser ich fahre mit ihnen mit"

„Recht haben sie, wahrscheinlich wird die Straßenbahn so und so auch gesperrt, wenn es dort gebrannt hat. Heut zu Tage kommt man nicht mehr gescheit durch die Stadt. Das Taxigeschäft ist aber auch nicht mehr das Beste. Wollen sie direkt in den „Wurschtel Prater“ oder irgendwo anders hin?“

„Bringen sie mich zur Halle A des Messegeländes, ich habe dort eine Baubesprechung und da muss ich mich noch vorbereiten“

„Alles klar, sind in 15 Minuten dort“

***

Die Wohnung glich einem Kriegsschauplatz. So etwas kannte Römer eigentlich nur aus den Nachrichten, wenn Aufnahmen eines fernöstlichen Kriegsberichterstatters gezeigt wurden. Überall lagen Holztrümmer der Einrichtung, Ziegelschutt und Staub waren in der ganzen Wohnung verteilt. In der Luft hat sich der brennende Geruch von Plastik und anderen chemischen Materialien festgesetzt. An mehreren Stellen nahm Römer Glutnester und kleinere Brandherde wahr.

Was er aber in keinem Zimmer der kleinen Wohnung vorfand, war eine Leiche.

Riexinger und er waren durch das Loch in der Wand in das Innere der explodierten Wohnung geklettert und begannen sofort mit der Durchsuchung. Zunächst war es schwer sich in der staubverhangenen Luft zurecht zu finden, aber durch die Zugluft wurde die Sicht langsam immer besser und so konnten sie auch die kleineren Glutnester teilweise mit den Füßen austreten.

Sie arbeiteten sich systematisch durch den Schutt und konnten sich so überzeugen, dass nirgends eine Leiche zu finden war.

Noch in der Wohnung rief Römer seinen Chef an und berichtete ihm den Sachverhalt.

„Oberst das ist ein absolutes Fiasko hier. Die Kollegen hatten Glück, die Sprengfallen gingen noch los, als sie beim Sondieren waren und so wurden zwar einige verletzt aber niemand schwer verletzt oder gar getötet.

Aber viel wichtiger, Wagner ist nicht da und wir können auch keine Hinweise mehr finden, ob er hier anwesend war und einfach nur Glück hatte, oder überhaupt nicht hier war. Haben sich die Absperrposten schon gemeldet? Es waren zahlreiche Bewohner der Häuser unterwegs. Ich hoffe die haben dort alle kontrolliert.“

„Die Sperrpunkte wurden, soweit ich mithören konnte, nach den Explosionen aufgelöst und alle Polizisten zum Tatort verlagert, um Erste Hilfe leisten zu können,“ antwortete Schrall.

„Wie Bitte, die sind da alle unkontrolliert herumgelaufen. Verdammt nochmal kann man die Wiener, denn zu überhaupt nichts mehr gebrauchen. Wenn der nur Glück hatte und unterwegs war, kann der Seelenruhig einfach durch die Absperrung gehen, weil dort niemand mehr ist, das darf doch alles nicht mehr wahr sein“. Römer schüttelte ärgerlich den Kopf. „Werner komm überlass das hier der Spurensicherung, wir werden mal eine Runde mit dem Dienstwagen in der Umgebung drehen, vielleicht haben wir ja Glück und sehen den Wagner noch irgendwo herumlaufen.“
Nachdem sie den Wohnkomplex mit ihrem Dienstauto erfolglos umrundet hatten, fiel ihnen eine kleinere Gruppe von Personen auf, die sich hinter den Häusern gebildet hatte. Einige davon waren noch im Bademantel und Pantoffeln, aber alle schauten so aus, als ob sie aus dem Schlaf gerissen wurden und so schnell als möglich die Flucht ergriffen hatten.

Riexinger lenkte den Wagen zu der Gruppe und Römer stieg aus.
„Guten Morgen die Herrschaften, es tut mir leid, wenn sie so unsanft geweckt wurden, aber wir versuchen den Verursacher zu finden und wollten mal fragen, ob ihnen irgendetwas verdächtiges aufgefallen ist, wie sie aus ihrem Haus kamen?"
Die meisten der Anwesenden schüttelten nur den Kopf und sahen ihn an, als ob sie nicht verstehen würden, was er zu ihnen gesagt hatte.
„Naja eines ist mir schon aufgefallen, wir wohnen ja alle in der 4er Stiege, also im letzten Haus dieser Reihe," ein ungefähr 18-jähriges Mädchen zeigte auf ein Haus in dem Wohnkomplex, „und sie sehen ja, wie wir alle hier angezogen sind, und eigentlich kennen wir uns ja alle untereinander im Haus, aber unmittelbar nach dem Krach, stürmte bei mir ein vollkommen dunkel angekleideter Mann mit einer großen Sporttasche vorbei, der offensichtlich vom Dachboden herkam. Ich wohne nämlich im letzten Stock und über mir ist nur mehr der Dachboden, und eigentlich kommt es mir erst jetzt so komisch vor, wenn ich nachdenke. Er hatte einen dunklen Hoodie an, sodass man sein Gesicht nicht wirklich

sehen konnte, aber ich bin überzeugt, dass er niemand aus unserem Haus war“

„Und sie haben nicht vielleicht zufällig gesehen, wo der Mann hingegangen ist, nachdem sie alle das Haus verlassen hatten?“ Römers Nerven begannen zu vibrieren.

„Doch er hat sich einmal kurz umgedreht und hat in Richtung des Hauses geschaut und hat irgendwie erschreckt dreingeschaut, so für einen Moment oder so, dann drehte er sich um und ging mit schnellen Schritten über die Sonnengasse zur Breitenfurterstraße und dann sah ich noch, wie er an der Ecke stehenblieb und herumdeutete, als würde er Autostopp oder so machen.“

Römer suchte in der Zwischenzeit auf seinem Handy ein Bild von Wagner, welches alle auf ihren Diensthandys gespeichert hatten.

Er hielt das Telefon vor das Gesicht des jungen Mädchens, „hat er diesem da vielleicht ähnlichgesehen?“

„Er war ein bisschen älter als auf dem Foto, aber ja ich bin ganz sicher das war der, aber er hatte keine Polizeiuniform an, sondern war ganz dunkel angezogen.“

Römer notierte sich den Namen des Mädchens und ihre Adresse bedankte sich bei ihr für die Informationen und fluchte innerlich.

Sie hätten ihn fast gehabt, und er war in der Wohnung, doch irgendetwas musste ihn gewarnt haben, und es waren nur Sekunden, die ihm zur Flucht verhalfen und wieder hatte der Täter einen Vorsprung mit unbekannter Richtung.
Er stieg wieder in den PKW ein und erzählte seinem Kollegen alles, was er soeben erfahren hatte. Werner begann zu grinsen.
„Kannst du mir verraten, was an dieser Story so lustig ist? Der Typ war da und ist seelenruhig irgendwo hin gegangen oder gefahren und jetzt ist er garantiert weg. Noch einmal so ein Glück wie mit dieser Wohnung haben wir sicher nicht mehr."
„Manchmal bist du ja ein guter Kieberer, aber manchmal bist sowas begriffsstutzig, dass es kaum zu glauben ist. Hast du jemals in Wien wen gesehen, der per Autostopp gefahren ist? Der hat sich ein Taxi ran gewunken. Auf der Breitenfurterstraße kommen um diese Zeit hunderte Taxis durch"
Danach nahm Riexinger sein Dienst Handy und rief im BKA an. Dort gab er in Auftrag sämtliche Taxidienste zu verständigen und zu befragen, welches Taxi vor knapp 30 Minuten auf der Breitenfurterstraße einen Fahrgast aufgenommen hatte und bei positiv Meldung

solle der Taxifahrer sofort die nächste Polizeidienststelle anfahren, damit man diesen befragen könne.

„Die Taxler geben immer eine Statusmeldung an ihre Funkzentralen durch, damit die ihnen bei Kundenanrufen die nächstgelegenen Taxis zuordnen können. Du weißt doch ich bin selbst vor der Polizei lange Taxi gefahren, wenn wir Glück haben, dauert das vielleicht 10 Minuten und wir wissen wo der sich hinfahren lassen hat."

Anschließend fuhren sie wieder in das Simmeringer Kommissariat zurück, wo bereits der Rest des Einsatzteams auf sie wartete. Während der Fahrt versendete Römer noch einige SMS an verschiedene Personen und als sie beim Kommissariat ankamen, setzte er die Anwesenden davon in Kenntnis.

***

Er war am Praterstern aus dem Taxi ausgestiegen. Der Praterstern ist ein Platz in Wien, der die Form eines Kreisverkehrs hat. Er befindet sich im 2. Wiener Gemeindebezirk, und wird durch den Zusammenlauf von sieben Straßen gebildet. Neben dem Bahnhof Praterstern dominiert ein Denkmal für den österreichischen Admiral Tegethoff den Platz. Der Praterstern ist der größte Kreisverkehr in Wien und man könnte von hier so ziemlich in jede Region innerhalb und außerhalb von Wien fahren, sei es mit Bus, Bahn oder Auto. Unmittelbar beim Praterstern beginnt auch der Vergnügungspark Prater mit seinen zahlreichen Biergasthäusern und Schaugeschäften und dahinter die knapp 5 Quadratkilometer große Nahverkehrszone des Erholungsgebietes Prater. Eine sofortige Verfolgung wäre hier absolut unmöglich und darauf spekulierte Wagner auch.

Mittlerweile war der frühe Vormittag angebrochen, im Vergnügungspark waren aber noch alle Schaugeschäfte und Gaststätten geschlossen bis auf eines. Das Gösser-Eck sperrte bereits um 08 Uhr auf und so durchquerte er mit seiner Tasche unerkannt den Prater und setzte sich dann in das Gasthaus, wo er sich ein Frühstück bestellte.

Alles war irgendwo aus dem Ruder gelaufen und hatte dennoch funktioniert. Nächste Woche schon würde er am Strand liegen und vom geraubten Geld leben.

Irgendwann einmal, wenn Gras über die Sachen gewachsen war, würde er an die Familie des Ferdl eine Überweisung tätigen und einen

Teil des Geldes an diese überweisen. Sie hatten das komplette erbeutete Geld gemeinsam auf ein ausländisches Nummernkonto gelegt, da sie sich gegenseitig vertrauten. Nun hatte er alleinigen Zugang zu diesem Konto und wenn er nicht unbedingt damit herumschmiss, könnte er sicher bis zu seinem Lebensende davon leben, und zur Not kann man dann wieder den einen oder anderen Überfall planen.
Das Gösser Eck lag taktisch sehr günstig und so ließ er sich das Frühstück ungestört schmecken, da er annahm, dass ihn hier niemand so schnell finden würde. Einmal noch würde er zur Waffe greifen, nämlich dann, wenn er diesen Römer erledigen wird. Der war der letzte auf seiner Liste. Das war noch seine große Aufgabe, bevor er Österreich für immer verlassen würde. Er begann sich vorsichtig um zu blicken und die Fahrgeschäfte auszuloten, die direkt im Blickfeld des Gasthauses lagen. Gleich gegenüber war die große Geisterbahn und der Megablitz aufgebaut und direkt dahinter auf der Perspektivstraße das große Parkdeck A des Messe-Zentrums Wien. Wenn man die Prater-Zufahrtsrasse weiterverfolgte sah man den 25 Meter hohen Turm des Toboggans, von wo man einen sehr

guten Ausblick über die gesamte Umgebung des Praters hatte.
Er musste sich nur bis am Abend hier verstecken, dann würde er Römer herlocken und endlich sein Vorhaben finalisieren. Er müsste eine Ablenkung schaffen, die den Großteil der Polizei in ein anderes Gebiet locken würde, denn sonst würde es am Abend nur so von Polizisten hier wimmeln, und er wusste auch schon wie……und während er so nachdachte und lächelte, bemerkte er nicht den verwunderten Blick des Wirtes, der ihn beobachtet hatte und dem das Verhalten seines Gastes sehr sonderbar vorkam.

***

„Der Wagner ist bis zum Praterstern mit dem Taxi gefahren und direkt vor dem Bahnhof Praterstern ausgestiegen“ Riexinger blickte in die Runde des Einsatzteams.
„Ah eh nur, von dort kann er eigentlich in ganz Wien herumfahren oder nach Niederösterreich also nahezu unkontrollierbar sich weiterbewegen“ Römer war noch immer stinksauer wegen des morgendlichen Fiaskos.

„Da brauchen wir hunderte Polizisten, wenn wir dort nachfragen würden, ob ihn jemand gesehen hat, vom Bahnhofsverkehr nicht zu reden. Das ist komplett sinnlos, aber verständige doch mal trotzdem die Kollegen vom Praterstern bzw. vom Wachzimmer Ausstellungsstraße. Sie sollen vermehrt in der Gegend herumstreifen, vielleicht erfährt ja der eine oder andere etwas von seinen Informanten dort. Aber sie sollen vorsichtig sein, der ist gewarnt von heute Morgen und ich denke es braucht nur einen Funken und der geht hoch, wie eine Rakete und wir haben den nächsten Schusswechsel." Schrall griff zum Telefon, um die besagten Weisungen an die Dienststellen weiterzugeben. Mittlerweile war die Jagd nach dem Polizistenmörder schon auf jeder Polizeidienststelle bekannt und auch die einzelnen Einsatzeinheiten aus Niederösterreich und dem Burgenland wurden in Wien zusammengezogen, sollte es zu einer Großfahndung im Raum Wien nach dem Täter kommen.

„Irgendwie sind mir derzeit die Ideen ausgegangen, wie es weiter gehen soll. Die größte Chance war die Wohnung heute in der Früh und das haben wir gründlich versaut", Römer hob die Hand bevor irgendwer antworten konnte,“ egal wie und wer und warum, als Polizei haben wir versagt und das sollten wir irgendwie ausbügeln. Hat wer eine zündende Idee? Was mir nicht eingeht, warum der immer noch hier ist, der könnte sich doch mehr als hundert Mal schon abgesetzt haben, irgendwohin ins Ausland und das wäre es erstmals gewesen.“

„Da siehst du, wie du die Leute verärgerst, die sind so angefressen auf dich, dass sie dich nur mehr umbringen wollen, egal was dabei rauskommt und ich kann sie ehrlich gesagt verstehen.“ Burger legte ein dreckiges Grinsen auf.

„Irgendwann Burger, irgendwann, wenn keiner hinschaut, leg ich dir eine auf, damit du endlich mal Ruhe gibst.“

„Ich finde immer noch“, Burger schaute in die Runde und zeigte wieder auf Römer,“ dass der hinter Gitter gehört und sicher nicht hier den großen Superstar spielen sollte. Der hat weder einen Fachkurs noch eine Kriminalbeamtenausbildung und spielt ziviler Landgendarm in Himberg herum in einer 3 Mann Kriminaldienstgruppe, also was macht er eigentlich hier?

Immerhin sind wegen ihm einige Polizisten erschossen und verletzt worden."

„Burger es reicht", Schrall brüllte durch den Raum, „ich habe es so satt, deine ewigen Querelen und Hetzereien zu hören. Römer ist da, weil ich ihn zugezogen habe und du bist da, weil mir das von Niederösterreich aufs Aug gedrückt wurde, aber das ist nun vorbei. Ich kläre das sofort mit dem Kommando in Niederösterreich, du bist raus, absolut raus, und zwar sofort. Verschwinde von hier, ich will dich hier in der Gruppe nicht mehr sehen."

„Oberst du vergisst dich, es ist mein Fall, der Banküberfall in Zwölfaxing meiner und sonst niemandes, und wenn ich hier verschwinden soll, nehme ich den Römer sofort als Verdächtigen fest und hole mir einen Haftbefehl für ihn, dann geht er sitzen, so einfach ist das".

„Du Würstel willst hier wirklich irgendwem drohen?", plötzlich mischte sich Riexinger von der Seite ein," auch ich habe mittlerweile von dir die Schnauze voll. Und damit du es nicht vergisst, die Hierarchie ist ganz einfach hier in Österreich was den Kriminaldienst anbelangt, Bundeskriminalamt,

Sicherheitsdirektion, Landeskriminalamt und solltest du es vielleicht vergessen haben, ich bin vom BKA und informiere dich hiermit mit, dass der Raubüberfall in Zwölfaxing sowie alle weiteren Tatbestände die offensichtlich von ein und demselben Täter durchgeführt wurden, ab sofort in die Agenden des Bundeskriminalamtes übergehen und solltest du die Ermittlungen weiter behindern, dann wirst suspendiert und kannst in Zukunft die Socken in der Bekleidungskammer zählen. Und jetzt verdammt nochmal raus aus diesem Zimmer."
Riexinger war mittlerweile aufgestanden und schob seinen massigen Körper in Richtung Burgers, packte diesen beim Kragen und zog ihn vom Sessel hoch. „Verzeihung Herr Oberst" lächelte Riexinger in Richtung des Einsatzleiters, „ich muss hier ein Insekt kurz entsorgen", sprachs und zog Burger am Kragen aus dem Zimmer, ließ ihn dann am Gang stehen und schloss hinter sich die Türe.

„Oberst, ich wusste gar nicht, dass du so schreien kannst", Riexinger setzte sich wieder auf seinen Sessel, und lächelte verschmitzt, "jetzt muss ich aber mal im BKA anrufen, dass wir wirklich den Fall übernehmen, sonst schauts schlecht aus für dich Robert".

„Und ich werde mal bei der Staatsanwaltschaft und dem Richter im Landesgericht anrufen, bevor der Burger noch einen Blödsinn treibt und dann mal das Kommando, damit er auch weiterhin draußen bleibt bei den Ermittlungen." Schrall griff wieder zum Telefon und während der beiden Beamten mit den verschiedensten Dienststellen und Institutionen telefonierten, schaute Römer zu Windlich, aber der zuckte nur mit den Schultern und sagte ein leises „vergiss den einfach".

Der Tag schritt voran ohne weitere Ergebnisse zu bringen. Immer wieder tauschten die 4 verbliebenen Polizisten untereinander die Erhebungsberichte aus, in der Hoffnung, dass irgendwer etwas übersehen hatte, was ihnen einen weiteren entscheidenden Durchbruch in der Fahndung bringen sollte.

Zu Mittag ließen sie sich eine Pizza bringen, um nicht vom Lesen der einzelnen Tatortberichte abgehalten zu werden, als kurz nach dem Mittagessen ein Beamter der Telefonzentrale in den Sitzungssaal kam.

„Entschuldigung die Herren, aber da ist ein Anruf eines Wirtes aus dem 2.Bezirk, der würde gerne den Kollegen Römer direkt sprechen und der lässt sich auch nicht abwimmeln. Er sagt er kennt sie und möchte nur mit ihnen sprechen"

„Kollege wir sind doch alle per Du, auch wenn du noch in der Ausbildung bist, du machst deine Sache gut, kannst du ihn mir hier her verbinden, ist das möglich?"

„Aber natürlich, ich wollte nur zuerst bei...dir nachfragen, ob das in Ordnung geht, wir hatten ja die Anweisung euch nicht direkt zu stören"

„Alles klar," Römer schaute in die Runde und zuckte mit den Schultern," ich kenne zwar keinen Wirt aus dem 2.Bezirk aber schauen wir mal, was der von mir will. Also verbinde ihn mir mal her"

Der Beamte nickte, schloss wieder die Eingangstüre und kurze Zeit später läutete das Telefon im Sitzungszimmer.

Römer stellte auf Lautsprecher und aktivierte damit nicht nur die Verbindung, sondern auch das automatische Aufnahmegerät.

„Römer am Apparat, was kann ich für sie tun"

„Robert bist du das? Wir kennen uns, ich war damals der Bankettleiter aus dem Austrotel

vom Westbahnhof, wo ihr immer euer jährliches Event abgehalten habt, Ahmed Tahin."
„Ahmed, natürlich kann ich mich an dich erinnern, ist ja schon ewig her, dass wir uns gehört haben, ich hoffe es geht dir gut, aber der Kollege aus der Zentrale sagte mir, du müsstest mich dringend persönlich sprechen, wie kann ich dir helfen?"
„Ich glaube eher, dass ich dir helfen kann. Mir gehört seit einiger Zeit das Gösser-Eck im Wiener Prater und wir sperren als erstes Gasthaus im Prater um 08 Uhr auf. Normalerweise kommen um diese Zeit immer unsere Stammgäste zum Frühstück oder auf ein Bierchen vor der Arbeit und vor allem die ganzen Schausteller vom Prater, bevor sie selbst öffnen. Nun heute war noch ein sehr komischer Gast bei mir. Er war dunkel gekleidet und hatte eine sehr große Sporttasche bei sich. Anfangs habe ich mir nichts dabei gedacht, es sind ja einige Hotels in meiner Umgebung, sodass schon mal der eine oder andere Gast dieser Hotels auch bei mit zum Frühstück kommt. Aber der Typ war ganz was Besonderes. Er schaute sich immer wieder um, zeichnete Pläne, ging vor das Wirtshaus, als ob er etwas vermessen würde, kam danach sofort wieder rein, zeichnete wieder grinste

und das ging so über 2 Stunden. Danach zahlte er, gab ein sehr großzügiges Trinkgeld und verließ das Wirtshaus."

„Ahmed und was war jetzt da so komisch an dem Mann? Vielleicht war er ein Projektleiter einer Baustelle bei euch. Da gibt's noch viele davon bei euch im Prater"

Aus den Augenwinkeln konnte Römer sehen, wie die anderen drei bereits ihre Augen verdrehten und das Interesse am Telefongespräch verloren und sich wieder ihrer Diskussion über die Erhebungsberichte widmeten.

„Das ist schon möglich Robert und da hast du recht, aber keiner dieser Projektleiter sieht dem Foto aus der Kronen-Zeitung so ähnlich wie der Typ, den ich heute bei mir im Gasthaus gesehen habe."

Schlagartig wurde es still in dem Raum.

„Ahmed, wie sicher bist du dir? Wann ist der zu dir gekommen beziehungsweise wieder gegangen?"

„100-prozentig sicher, Robert, wenn der nicht einen Zwillingsbruder hat, dann war er es. Ich habe ihn selbst bedient und dann abkassiert. Der war es sicher. Er kam so gegen 08.00 Uhr und ging etwas nach 11 Uhr wieder."

Römer schaute auf die Uhr. Es war jetzt knapp nach 15 Uhr.

„Ahmed, warum hast du dich denn nicht früher gemeldet?"

„Ich bin erst jetzt zum Zeitungslesen gekommen. Das Mittagsgeschäft ist bei uns besonders stark, und heute am Samstag überhaupt, da hast du keine freie Minute zum Zeitunglesen. Ich musste nur schnell mal ins Büro gehen, weil ich Unterlagen brauchte und da lag die Zeitung auf meinem Schreibtisch und auf der Titelseite war das Foto. Dann suchte ich die Telefonnummer und rief bei euch an."

„Du brauchst dich nicht rechtfertigen, Danke das du angerufen hast. Ich werde dir sofort Leute in Zivil vom Bundeskriminalamt senden", Römer schaute Riexinger an der nickte und sofort zum Handy griff," die kommen als normale Gäste und werden sich mit dir unterhalten und ich bin auch schon am Weg zu dir. Shukran mein Freund – ein tiefes Shukran, wir sehen uns bald." Römer legte den Telefonhörer wieder auf und sah in die Runde.

„Oberst, er war zumindest noch eine Zeit lang im Prater, ich denke wir sollten dort hin"

„Einverstanden, wir werden alle dorthin fahren, es ist die beste Spur derzeit die wir haben. Wir werden aber mit 2 Autos fahren, falls dazwischen noch irgendwelche Meldungen kommen. Riexinger, du fährst ab jetzt weiter mit Römer und Windlich du bleibst bei mir. Auf geht's"

Schnell erhoben sich alle, griffen ihre persönlichen Sachen sowie die Einsatztaschen, hetzten zu den Autos und fuhren mit aufgesetztem Blaulicht in Richtung Wiener-Prater.

***

„Polizei Notruf 133, wie kann ich ihnen helfen?"

„Hilfe...ich wurde entführt...ich bin im Kofferraum meines Autos eingeschlossen worden.... Helfen sie mir bitte..."

„Versuchen sie ruhig zu bleiben, wie heißen sie und können sie mir etwas über ihr Fahrzeug und ihren Entführer erzählen?"

„ich bin der Herbert Gstrein und war auf dem Weg in Richtung Salzburg, als ich in der Westausfahrt in Wien einen Autostopper mitnahm, der ebenfalls nach Salzburg wollte. Auf einem Parkplatz kurz vor St.Pölten hielt der

Mann mir plötzlich eine Waffe auf den Kopf und ließ mich in den Kofferraum steigen. Wo wir jetzt sind, weiß ich nicht genau...bitte helfen sie mir doch, ich glaube das ist der Mann, nachdem sie überall suchen, mir ist die Ähnlichkeit mit dem Zeitungsfoto erst aufgefallen, als er mir die Waffe an den Kopf gehalten hat...BITTE wo sind sie denn...?"

„...können sie mir ihr Auto bitte beschreiben und ein Kennzeichen sagen?"
Im Hintergrund war bereits ein alarmierender Pfeifton zu hören, der das Auslösen einer Alarmfahndung den anderen Beamten in der Sicherheitszentrale anzeigen soll.

„......so beeilen sie sich doch, der will mich vielleicht umbringen – das ist ein grauen Audi A6 mit abgedunkelten Scheiben und W-350XB...Moment er ist plötzlich stehengeblieben.... er steigt aus... Oh mein Gott..."

Die Verbindung wurde unterbrochen und Wagner grinste sich eines.... Ihm war der verdächtige Blick des Kellners im Gasthaus sofort aufgefallen und deshalb hatte er diesem auch ein weit überhöhtes Trinkgeld gegeben,

damit dieser ihn ganz genau ansehen würde. Wenn Römer eins und eins zusammenzählen würde, dann würde er auch kommen. Ein kleiner Brotkrummen fehlte noch, aber auch den würde er noch legen. Er zerstörte das Handy, von welchem er den Notruf abgesetzt hatte. Der arme UBER-Fahrer dem er 3000,-€ dafür gezahlt hat, genau nach seiner vorgegebenen Route ins westliche Niederösterreich zu fahren, würde wahrscheinlich heute noch eine große Überraschung erleben, aber dann wäre alles schon zu spät für Römer und er selbst würde sich dann schon auf dem Weg ins Ausland gemacht haben.
Genüsslich warf er die einzelnen Handyteile in einem Mistkübel und ging dann zu seiner geplanten Position im Prater, von wo aus er den besten Blick und Schusswinkel auf das Gasthaus Gösser-Eck haben würde.

***

„Hier Funkstelle Wien an RAX und SOKO – Alarmfahndung für den Bereich westliches Wien und St.Pölten. Mutmaßliche Entführung eines PKWs durch Leopold WAGNER mit Fahrtrichtung Westen auf der A1 oder im Bezirk St.Pölten. Fluchtauto ist ein grauer

Audi A6 mit dem amtlichen Kennzeichen W-350XB. Libelle (Polizeihubschrauber)ist unterwegs. Alle Sondereinheiten sofort Abgang in Richtung Autobahnpolizei Alland für weitere Aufgabenstellung. SOKO Wagner mit OvT (Offizier vom Tag) sofort in Verbindung setzen"

Riexinger sah Römer, der bereits zu seinem Handy gegriffen hatte, verwundert an.
„Nein Oberst, das glaube ich nicht. Das passt nicht zu dem. Ich wäre immer noch für den Prater.
Einverstanden, dann werden wir mit dem Praterwirt Kontakt aufnehmen und sollte sich das als Blase erweisen, fahren wir euch sofort in Richtung St.Pölten nach." Römer beendete das Gespräch und schrieb eine SMS. „Du hast es gehört Werner, wir Beide fahren in den Prater und reden mit dem Wirt. Dann sehen wir uns ein bisschen in der Gegend um, und wenn das nichts bringen sollte, dann fahren wir dem grauen Audi hinterher, wohin der auch immer fährt. Die anderen beiden fahren sofort zur Autobahnpolizei Alland und entscheiden dann dort, wie es weiter gehen soll".

Riexinger erhöhte wieder auf der A 23 – der Südosttangente die Geschwindigkeit des Dienstwagens, sah noch wie hinter ihm die dort angebrachten Radarfallen aufblitzten und dachte grinsend nach, was das wieder für einen Papierkram auslösen würde, um die Radarstrafen abzuwenden. Kurze Zeit später erreichten sie den Prater und als sie durch die Prater-Zufahrtsstraße fuhren, merkten sie was die Schwierigkeiten hier bedeuten würde, unzählige Praterbesucher säumten an diesem Samstag die Straßen und die einzelnen Schaugeschäfte und die Gastgärten waren alle mit Besuchern überfüllt. „Guter Gott, gib, dass der Wagner wirklich die Nerven verloren hatte und auf der Westautobahn zu flüchten versuchte. Ein Schusswechsel hier würde zum absoluten Alptraum werden. Kurz bevor Römer aus dem Wagen ausstieg, schrieb er noch eine schnelle SMS und erhielt sofort eine Antwort. Danach stieg er ebenfalls aus dem geparkten Wagen aus, und ging auf den, vor dem Lokal wartenden, Ahmed zu und umarmte ihn herzlich.

Riexinger blieb neben den Beiden stehen, beobachtete die Szene und nickte dem Wirt freundlich zu.

„Merhaba mein Freund, es ist ja eine Ewigkeit her, ich wusste gar nicht, dass du jetzt hier im Prater dein Vermögen verdienst. Schade, dass es so einen Anlass gebraucht hat, damit wir uns wieder einmal sehen“ Römer freute sich sichtlich über das Zusammentreffen.

„Merhaba Robert, ja lange ist es her, aber schön dich gesund wieder zu sehen. Der Typ dürfte euch ziemlich zu schaffen machen. Nachdem ich den Artikel gelesen habe, beiße ich mich in meinen Arsch, dass ich euch nicht sofort angerufen habe, dann hättet ihr ihn noch im Gasthaus schnappen können. Eure Kollegen sind im Gastgarten verstreut. Es sind 4 Beamte gekommen, aber der Typ hat sich leider nicht mehr blicken lassen“.

„Gut so, wenn er etwas gemerkt hätte, hätte er wahrscheinlich auch auf dich geschossen, der fackelt echt nicht lange und mir bist du gesund lieber“ Römer lächelte noch als sein Telefon plötzlich schrillte und das Ankommen einer SMS anzeigte.

„TOBOGGAN RUNTER“ stand in der SMS woraufhin Römer sofort schrie: „Kriminalpolizei alles sofort auf den Boden“ und sich selbst zu Boden fallen ließ. In diesem Moment schlugen kurz hintereinander 3

Geschosse in die Mauer des Gasthauses ein, genau an der Stelle wo Römer eine Sekunde vorher noch gestanden war.
Durch den Lärm, der im Prater vorherrschte, waren die Schüsse nicht zu hören gewesen, und kurz darauf war noch ein vierter Einschlag in die Gasthausmauer zu spüren. Riexinger schaut fragend zu Römer. Im Gastgarten war ein Wirr-Warr von Geräuschen zu vernehmen. Die Beamten des BKA waren auf gesprungen hatten ebenfalls zu schreien begonnen und sich dann zu Boden fallen gelassen. Eine Vielzahl der Gäste reagierten erschrocken und sprangen auf und begannen aus dem Lokal zu laufen. Ein anderer Teil blieb erschrocken sitzen und sah sich um und wussten nicht was los war.

Im selben Augenblick signalisierte Römers Handy erneut ein SMS.

„ER RUTSCHT RUNTER“

Der Toboggan Turm im Prater stand ungefähr 150 Meter entfernt von dem Gasthaus-Gösser-Eck und war der älteste, noch aktive Rutschturm Europas.

Römer sprang auf, schrie Riexinger zu er solle ihm zum Turm folgen, als er merkte, dass ein BKA-Beamter ebenfalls bei ihm war und dieser sofort reagierte und sich auf den Weg machte.
Sofort machte sich Römer ebenfalls auf den Weg und als er um das Fahrgeschäft lief, welches unmittelbar gegenüber dem Wirtshaus stand hörte er an der Seite ein lautes Klicken, dachte sich aber nichts dabei und merkte nur das der Abstand zu Riexinger, der hinter ihm nachlief, offensichtlich größer wurde.
Als er auf den Toboggan-Platz ankam, hörte er einen Schuss und sah, wie der junge BKA-Beamte vor dem Eingang zum Rutschturm zusammenbrach. Hinter dem Beamten richtete sich Wagner auf, sein Gewehr im Anschlag. Römer wollte seine Dienstwaffe ziehen und bemerkte, dass er diese beim Laufen verloren haben musste.
Die Gefühle schlugen plötzlich aus, als das Adrenalin in seinen Körper gepumpt wurde. Wie wenn er einen Eisblock verschlungen hätte, machte sich eisige Kälte in seinem Magen breit.
Wagner kam mit seinem Gewehr im Anschlag auf ihn zu und lächelte süffisant,

„Na Du, ich denke es ist vorbei, jetzt wirst du erfahren, wie es ist, eine Kugel zu bekommen“

Römer dachte noch, aus dieser Entfernung kann der gar nicht vorbeischießen und spannte seinen Körper an, als ob seine Bauchmuskeln, die im übrigens kaum vorhanden waren, eine Kugel aus einem Scharfschützengewehr neutralisieren könnten.

Plötzlich sah Römer aus seinen Augenwinkeln einen grauen knurrenden Schatten auf Wagner zufliegen, welcher an der Hand, indem Wagner das Gewehr hielt, zu hängen begann. Wagner schrie auf, als der Hund zubiss und ließ dabei das Gewehr fallen. Gleichzeitig versuchte er den Hund abzuschütteln und mit der anderen Hand seine Pistole zu ziehen. Er schaffte es noch seine Pistole zu ziehen als von der Seite zwei Schüsse abgegeben wurden und ein lauter Pfiff ertönte.

Auf Grund des Pfiffes ließ der Hund den Täter los und Wagner zuckte unter den einschlagenden Kugeln zusammen. Wut und Erkenntnis machte sich auf dessen Gesicht breit. Nochmals versuchte dieser die Pistole hochzureißen, als hinter Römer ein einzelner Schuss zu hören war.

Wagner wurde durch den Einschlag herumgerissen und seine Pistole flog in hohem Bogen davon. Danach fiel er auf die Knie, verharrte kurz und fiel dann mit dem Gesicht nach vorn auf den Asphalt.

„Ich denke, die hättest du jetzt brauchen können", ertönte Riexingers Stimme von hinten, als dieser Römers Dienstwaffe in dessen leeres Halfter steckt.

„Jetzt weiß ich auch, mit wem du an dauernd SMS geschrieben hast" und deutete in die Richtung, wo erneut ein Pfiff erklang, woraufhin der Hund wieder zu seinem Diensthundeführer zurücklief. Dieser nahm den Hund an die Leine und kam gemeinsam mit Regner ins Blickfeld der Beamten. Sie hielt immer noch ihre Waffe in der Hand.

„Ich nehme mal an, dass ist dein Markus, von dem ich schon so viel hören durfte und dem ich mein Leben zu verdanken habe, und dir natürlich auch Kathi" Römer versuchte eine Verbeugung, die ihm aber nicht ganz gelingen wollte. Erst jetzt wurde er sich bewusst, wie eng doch die Sache ausgegangen war und er begann am ganzen Körper zu schwitzen und kurzzeitig zu zittern.

„Für dich immer noch Katharina und gern geschehen, sind gerade noch rechtzeitig hergekommen, aber der Tipp mit dem Parkhaus war Goldes wert, wir hatten einen großartigen Überblick und hatten nur gehofft rechtzeitig hier am Platz einzutreffen, aber Aykan, war doch einfach schneller", Regner streichelte die Hündin, während diese mit dem Schweif wedelte und zu bellen begann.

***

Er wusste nicht war geschehen war, er konnte sich nicht bewegen. Er stand doch noch kurz vor ihm, dem Kieberer, an dem er sich rächen wollte. Den einen Beamten, der plötzlich vor ihm aufgetaucht war, konnte er noch außer Gefecht setzen, und dann stand er vor ihm. Er sah, dass der Kieberer seine Waffe ziehen wollte, aber der tat es nicht. Warum eigentlich nicht. Egal, er wollte abdrücken, es endlich beenden und dann verreisen. Irgendwohin, nur weg von hier, nicht ehr erinnert werden, was in den letzten Tagen passiert ist. Er ging auf diesen Römer zu und dann sein Gewehr im Anschlag, doch als er abdrücken wollte, konnte er plötzlich nicht, von irgendwo kam ein Hund her.
Höllischer Schmerz durchzuckte ihn. War das die Erinnerung an den Biss oder war der real

eben gerade jetzt in ihm - er wusste es nicht, seine Gedanken funktionierten nur mehr langsam.
Und dann stand sie da, mit ihrer Waffe im Anschlag. Schräg von ihm stand sie ihm gegenüber, aber sie war doch tot. Er hatte sie am Zentralfriedhof erledigt, Sie, die ihm die Karriere vermiest und verlangsamt hat. Die immer zu den anderen geholfen hat und nie zu ihm. Sie stand da und schoss zweimal. Er hatte die Einschläge gespürt, und wunderte sich, dass er keine Schmerzen verspürt hat. Vielleicht hatte sie ja auch vorbeigeschossen. Erneut spürte er einen kurzen Schmerz. Fühlte den warmen Asphalt unter ihm, der von der Sommersonne aufgeheizt war. Was war nur schief gegangen und dann überkam es ihn. Römer hatte ihn gelegt, sie war nie tot. Alle waren gegen ihn gewesen, sogar die Zeitungen. Alle hatten in angelogen. Sie hatten auf ihn gewartet.
Sicher der Wirt, der hatte ihn garantiert verraten. Na warte, wenn ich wieder aus dem Gefängnis heraussen bin, ich werde mich rächen, der Schlampe würde er es endgültig zeigen. Und der Wirt und dem Römer und der Welt...nur der Ferdl hatte immer zu ihm gehalten. Der Ferdl....

„Inspektor Wagner, ich weiß nicht, wie sie die Dienstprüfung geschafft haben, aber ich weiß heute schon, sie werden nicht bei der Polizei in Pension gehen. Sie sind für mich kein Polizist, aber mir sind die Hände gebunden!“

„Jawohl Herr Major, ich werde ihnen beweisen, dass ich ein guter Polizist sein werde“, (alles hatten sie bei der Dienstprüfung versucht um ihn durchfallen zu lassen, aber der Ferdl hatte ihm geholfen. Sie hatten eine Funkverbindung aufgebaut, wo der Ferdl die Fragen hören konnte, und ihm die Antworten ins Ohr geflüstert hat.)

„Wagner gehen sie mir einfach aus den Augen, sie kommen nach Kaiser Ebersdorf auf das Wachzimmer, vielleicht schaffen die es sie wegzubringen aus der Polizei“

„Herzlichen Dank Herr Major, für die Glückwünsche“, (Irgendwann werde ich mir dich auch noch kaufen, aber der Ferdl hat gemeint ich soll dich vergessen. Wenn du was als Polizist draufgehabt hättest, wärest nicht Lehrer geworden).

Eine kalte Welle durchlief ihn. Warum kalt, es war doch so heiß heute, und der Asphalt aufgeheizt durch die Sonne, es konnte nicht kalt sein. Warum kümmerte sich niemand um ihn?

„Hallo, ich liege hier verletzt, wie wäre es mit einer Rettung. Ihr habt mich doch angeschossen, ihr müsst mir aber trotzdem helfen, sonst krieg ich euch alle wegen Dienstpflichtverletzungen dran.
Also vielleicht könnt ihr mir mal aufhelfen" Er schrie sich die Seele aus dem Leib, aber irgendwie hörte ihn niemand. Er versuchte die Augen zu öffnen, aber auch das gelang ihm nicht.

Nur die Dunkelheit war seriös und wahr. Sie umgab ihn.
Das kann doch nicht wahr sein, warum rührt sich niemand, die glauben wohl ich bin tot, aber ich lebe noch und werde euch das allen beweisen, das Denken fiel ihm immer schwerer, wo war er noch? Was war er noch? Warum lag er da? Lag er oder bewegte er sich, lief er seinen Waldlauf im Wienerwald, warum war alles so dunkel bei ihm, er wollte etwas spüren, atmen, er versuchte seinen Herzschlag zu hören, den musste man doch immer hören, man muss nur ganz leise sein und hinhören, ganz leise und hinhören….

***

TAG 7

„Am siebten Tag vollendete Gott das Werk, das er geschaffen hatte, und er ruhte am siebten Tag, nachdem er sein ganzes Werk vollbracht hatte. Und Gott segnete den siebten Tag und erklärte ihn für heilig; denn an ihm ruhte Gott, nachdem er das ganze Werk der Schöpfung vollendet hatte. "

Die Erhebungen am Vortag hatten sich bis zum Abend hingezogen. Nach und nach kamen dann die einzelnen Polizeieinheiten in den Wiener Prater. Der Toboggan-Platz wurden großräumig abgesperrt und ebenso das Gösser-Eck, um Beweise sichern zu können. Die ganzen Abschlussarbeiten würden sich noch hinziehen, aber die Sonderkommission wurde aufgelöst, und die weiteren Erhebungen wurden vom BKA übernommen, so wie Riexinger es angekündigt hatte. Alle Beteiligten wurden einvernommen und nachdem alle Lichtbilder angefertigt und die Spuren gesichert waren, wurde die Leiche von Leopold Wagner von der Wiener Bestattung abgeholt. Als einziger Reporter durfte Gernot Heigl zum Tatort kommen, so wie es vereinbart war, und die Krone hatte ihre Exklusivstory, die nicht einmal der ORF so schnell bekam.

Nach der Einvernahme kamen sie alle noch zu einem Abschlussbier im Gösser-Eck vorbei und Ahmed ließ sich das Bier danach nicht mehr zahlen, aber zum Feiern war niemand zumute. Der angeschossene BKA-Beamte hatte Glück. Er trug eine Kugelsichere Weste, die den größten Schwung der Kugel abgefangen hatte und nach einer Notoperation im UKH Meidling konnte bereits Entwarnung gegeben werden.

Sie verabschiedeten sich, umarmten sich und doch war jeder froh endlich beruhigt nach Hause fahren zu können.

Erstmals seit 7 Tagen hatte Römer eine ruhige Nacht verbringen können. Kein Telefon hatte ihn gestört, keine nächtlichen Überfälle oder Schreckensmeldungen ihn aufgeweckt.

Obwohl er sich hätte frei nehmen können, wollte er keinem anderen Beamten am Polizeiposten Himberg zumuten, seinen Sonntag für ihn im Dienst zu verbringen, und so läutete sein Wecker rechtzeitig, um ihn daran zu erinnern, dass ihn der Alltag wieder eingeholt hatte.

Er würde den ganzen Tag damit verbringen, seinen Abschlussbericht anzufertigen, um den ihn das BKA noch gebeten hatte.
Vor allem im Ablauf der Fahndung und der Sicherheit sollten für die Zukunft Standardisierte Abläufe erarbeitet und vor allem überarbeitet werden, um so einen Amoklauf, wie der des Wagners, verhindern zu können.
Nachdem Römer gesehen hatte, dass erneut ein sonniger Tag auf ihn wartete, stand er auf, duschte schnell und zog sich die Uniform an, auf die er die ganze letzte Woche verzichten hat können.
Da er Besetzungsdienst eingetragen hatte, nahm er an, dass ihm an diesem Sonntag Ruhe vergönnt sein dürfte. Die letzte Woche war stressig genug.
Bevor er die Wohnung verließ, sah er sich noch einmal um und dachte daran, was in den letzten 7 Tagen hier alles stattgefunden hatte. Danach schloss er die neue Wohnungstüre ab.
Er fuhr zum Polizeiposten nach Himberg, parkte sein Fahrzeug in der Nähe der Dienststelle und betrat das Dienstgebäude.
Der Dienstwechsel wurde anstandslos durchgeführt und obwohl die Kollegen gespannt auf seinen Bericht waren, setzte er sie nur in

der Kurzfassung über den Ablauf in Kenntnis. Danach zog er sich dann in sein Büro zurück, um den Bericht für das BKA schreiben zu können und ging im Kopf noch einmal die letzten Tage durch. Insbesondere die verschiedensten Zeitabläufe und Fahndungsschritte. Als er auf sein privates Handy blickte, bemerkte er eine blinkende Nachricht und sah, dass diese bereits am gestrigen Tag gegen Mittag abgesendet worden war.

Offensichtlich hatte eine technische Störung es verhindert, dass die Nachricht rechtzeitig auf seinem Handy angezeigt wurde.

Er wählte die Mobilboxnummer und nach der Computerstimme, die ihm mitteilte, dass er eine unbeantwortete Nachricht hat, hörte er die Stimme von Leopold Wagner lauf in seinem Lautsprecher:

„Nun Herr Römer, jetzt sind nur mehr wir zwei über. Ich kann dich gut durch mein Zielfernrohr beobachten und du weißt es nicht einmal. Eines muss man dir lassen, hartnäckig bist du. Es wäre weder dir noch der Bankangestellten etwas passiert. Der Ferdl wollte nie schießen und ich schon gar nicht. Wir wollten nur das Geld haben, sonst nichts. War es das Ganze wirklich wert für dich. Wir geben uns Tag für Tag dahin und geben den Anschein, dass wir die Bevölkerung schützen würden und doch wissen wir

Beide, dass es keinen 100-prozentigen Schutz geben kann. Und dann, wenn es einen von uns erwischt und er verletzt wird, was kommt dann? Ein Händedruck und man ist vergessen und kann sich mit seiner kleinen Pension nur mehr so lange ansaufen, bis einen die Leberzirrhose endgültig unter die Erde bringt. Ferdl hätte das Geld für seine Familie gebraucht, für sein Haus, seine Kinder und ich wollte endlich von hier weg. Und du kannst dir sicher sein, ich werde dir keine Träne nachweinen, wenn ich irgendwo auf dieser Welt untertauche und es mir gut gehen lasse. Aber zuvor sollst du noch wissen, dass es mir eine Freude sein wird, dich zu erledigen. Einmal zu viel hast du meine Pläne durchkreuzt und einmal zu viel hast du dich in mein Leben eingemischt. Du hast es nicht einmal geschafft, deine Kollegin vor mir zu beschützen, wie willst du denn irgendjemanden anderen vor einem Verbrechen schützen? Nun gut, gleich hast du es hinter dir und jetzt hörst du die Kugel gleich kommen…"

Römer hatte genug gehört und wartete auf die Computerstimme, die ihm mitteilte: "Nachricht gelöscht"
Immer wieder musste er unterbrechen, um in den sonnigen Innenhof des Dienstgebäudes zu blicken und die Geschehnisse chronologisch Revue passieren zu lassen.

Nur einmal, so knapp gegen Mittag, läutete die Eingangsglocke der Dienststelle und Römer hörte, wie sein Kollege die Türe automatisch öffnete. Danach hörte er eine Frauenstimme, die mit dem Kollegen länger sprach. Worum es genau ging, konnte er durch die geschlossene Türe nicht hören und wollte er eigentlich auch nicht. Hatte er doch noch genug mit seinem Bericht über Leopold Wagner zu tun, als es kurz darauf an der Bürotür klopfte und sein Kollege hereinschaute.

„Strichi, hättest du bitte kurz Zeit? Ich denke das solltest du dir anhören, irgendetwas kommt mir da sehr spanisch vor."

Römer schaute auf seinen Bericht, der gerade mal zur Hälfte fertig war, dann besann er sich und stand auf.

„Natürlich Hannes, was gibt's denn?"

Römer trat in den ersten Dienstraum und sah am Tresen eine ungefähr 40 Jahre alte braunhaarige schlanke Dame stehen, die ihn erwartungsvoll ansah.

Römer grüßte und stellte sich vor und ersuchte die Dame ihm, denn mitzuteilen um was es ginge.

Sie legte ein ca. Din A4 großes Blatt Papier vor, welches sehr dilettantisch bedruckt war. Auf der Oberseite prangte das Wort „AKTIE“ und danach standen einige Begriffe, die Römer aus seiner Zeit bei der Wirtschaftsgruppe der Kriminalabteilung her noch kannte, die aber eigentlich nicht zum Namen Aktie passten.
„Ich weiß nicht, ob sie mir wirklich helfen können Herr Inspektor, aber mein ehemaliger Freund hat mir eine Aktie an einem Mineralienverein in Höhe von 1000,-€ verkauft und weigert sich, mir diesen Betrag zurückzuzahlen, und ich kenne mich doch mit Aktien überhaupt nicht aus“
Römer runzelte die Stirne. Eine Aktie an einem Mineralienverein davon hatte er noch nie gehört. Er nahm das Blatt an sich und las sich alles noch einmal genauer durch, dann seufzte er, schaute durch die offene Bürotür auf seinen Computer, wo noch der Bericht an das BKA auf seine Vervollständigung wartete, um sich dann noch einmal die sogenannte Aktie durchzulesen.
„Ich nehme mal an, Sie sind diese Karin Haberleitner, die hier aufgeführt ist“ und als er sah, dass sie nickte, überlegte er nochmals gut, schaute seinen Kollegen an, „Hannes

wärst du bitte so nett und könntest du uns zwei Kaffee machen, ich glaube, dass wird eine längere Sache hier. Darf ich bitten Frau Haberleitner, wenn sie mir bitte hierherein folgen würden, ich hätte einige Fragen an sie………"

***

EIN NACHWORT, DASS EIGENTLICH EIN VORWORT WERDEN SOLLTE

Am 20.Juli 1993 wurde die Raika-Filiale in Zwölfaxing/Niederösterreich durch 2 Männer überfallen, wobei der eine Täter von einem im Dienst stehenden Gendarmen im Zuge eines Schusswechsels getötet wurde. Der zweite Räuber nahm kurzfristig die Bankangestellte als Geisel und flüchtete mit einem gestohlenen Fahrzeug nach Schwechat, wo sich dann seine Spur verlor. Der erschossene Bankräuber war ein Wiener Polizist (Polizeihundeführer) der mit seinem Komplizen mutmaßlich noch 6 vorherige Postamtsüberfälle durchgeführt hatte.

Soweit die Tatsache und der wahre Hintergrund der Geschichte. Was dann in die Geschichte einfloss, ist teilweise Fiktion, aber auch so manche Erhebungen und Tätigkeiten der ermittelnden Beamten fanden leicht abgeändert tatsächlich so statt. Was nun die Wahrheit ist und was reine Fiktion ist überlasse ich dem werten Leser (falls sich so einer überhaupt finden mag) und vor allem dessen Fantasie und Vorstellungskraft. Sämtliche Personen und Namen wurden von mir verändert

und jeder Vergleich mit bestehenden lebenden Personen oder deren Namen ist rein zufällig und nicht bewusst geschehen.
Auch waren im ursprünglichen Tatzeitraum noch die Österreichische Bundesgendarmerie und die Bundespolizei zwei getrennte Exekutiveinheiten, wobei in Himberg die österreichische Bundesgendarmerie vertreten war. Um die Geschichte etwas einfacher zu gestalten, wurde aber die jetzige Exekutiveinheit gewählt, nämlich die der Bundespolizei.

Auch gibt es den beschriebenen Gendarmerieposten nicht mehr in Himberg. Es wurde einige Jahre nach dem Vorfall, eine gänzlich neue Dienststelle in der Marktgemeinde Himberg an einem anderen Standort errichtet.
Die Filiale der Raiffeisenbank Schwechat in Zwölfaxing, wurde nach dem Überfall geschlossen und nie wieder eröffnet. Der Umbau in eine moderne Bankfiliale mit Sicherheitssystemen und einer Videoüberwachung hätte einfach zu viel Geld gekostet. Die ebenfalls in Zwölfaxing angesiedelte SPARKASSE hat es gefreut, diese wurde aber bis zum heutigen Tag nicht überfallen. Die Pizzeria gegenüber der ehemaligen

Sparkassenfiliale gibt es ebenso noch und die Pizzen sind nach wie vor sehr gut.
Alle Ortschaften, die im Burgenländischen Teil angeführt wurden, existieren. Allerdings ist das Haus des Römers bzw. seiner Eltern in Oberpullendorf reine Fiktion. Der Windschutzgürtel existiert und auch der aufgelassene Gutshof existiert allerdings nicht an der Stelle wie in der Geschichte angegeben.
Mit ein bisschen Geschick findet man allerdings den wunderbaren „WHITE ONE" in Lutzmannsburg bei einem Winzer wieder, welcher mir bei Schreibblockaden manchmal über die Runden geholfen hat.

Sankt Margarethen im Lungau spielt in diesem ersten Roman nur eine kleine Nebenrolle, im zweiten Roman aber kommt dieses Naturjuwel in Österreich weit mehr zur Geltung, das ist versprochen.

Der Wiener Zentralfriedhof wurde 1874 eröffnet und zählt mit einer Fläche von fast zweieinhalb Quadratkilometern und rund 330.000 Grabstellen mit rund drei Millionen Verstorbenen zu den größten Friedhofsanlagen Europas. Er wurde im Laufe seiner Geschichte insgesamt siebenmal erweitert,

zuletzt 1921. Zum Zeitpunkt seiner Eröffnung galt er als größter Europas. Nach Bestatteten gilt dies bis heute. Der Zentralfriedhof gehört aufgrund seiner vielen Ehrengräber, der Jugendstil-Bauwerke und des weitläufigen Areals zu den besonderen Sehenswürdigkeiten der Stadt Wien.
Alle von mir beschriebenen Orte am Wiener Zentralfriedhof gibt es wirklich, sogar die WC-Anlage mit der Kanalisation bis zur Simmeringer Hauptstraße und auch das kleine nahezu unscheinbare Seitentor auf der Rückseite des Friedhofes existiert. Ein Besuch des Wiener Zentralfriedhofes ist auch für Touristen immer wieder etwas ganz Besonderes.

Als **Gemeindebau** wird in Österreich, speziell in Wien, eine Form des kommunalen sozialen_Wohnungsbaus bezeichnet. Gemeindebauten sind seit den 1920er Jahren ein wichtiger Bestandteil der Architektur und Kultur Wiens geworden. Auch andere Städte in Österreich errichteten nach Wiener Vorbild Gemeindebauten, diese erreichten aber nicht dieselbe Bedeutung. (lt.Wikipedia)
Heute gibt es rund 2300 Gemeindebauten in Wien mit knapp 220.000 Wohnungen. Durch

Zufall fand ich einen Gemeindebau im 12.Bezirk, der sich gut für die Geschichte eignete. Vor allem der Innenhof mit den langgestreckten „Reihenhäusern“ hatte es mir angetan.

Und letztlich das Gösser-Eck im Wiener Prater. Ein Traditionsbetrieb wo man sehr gut essen und Bier trinken kann. Spezialität Grillhühnchen mit Salat. Und es liegt tatsächlich an der beschriebenen Stelle. Allerdings kenne ich den Wirt nicht wirklich, aber er passt ja so gut in die Geschichte (und heißt auch ganz anders).
Den TOBOGAN bin ich selbst schon runtergerutscht und sicher zig Male wieder über die Stiegen hinaufgegangen. Wer Kondition hat sollte es mir nachtun. Man hat einen herrlichen Ausblick von ganz oben im Turm über den gesamten Wiener-Prater. Und ein Besuch des Wiener Praters ist immer einen Ausflug wert.

Es handelt sich bei diesem Roman um eine Geschichte, die nie geschrieben worden wäre, gäbe es nicht in Wirklichkeit einen Mann namens Gernot Heigl, (übrigens die einzige

Person, deren Lebenslauf in der Geschichte und auch dessen Namen der Wahrheit entspricht) der mich unerlässlich aufforderte und anspornte diese Geschichte weiterzuschreiben und zu finalisieren. Er war auf jeden Fall mehr überzeugt als ich, dass diese Geschichte je fertig gestellt werden würde. Ebenso zählt zu den Unterstützern meine liebe Freundin Anja (eine deutsche Schauspielerin), der ich die Grundstory mit dem wahren Hintergrund erzählte und sie selbst wahrscheinlich schon einen Film vor ihren Augen sah. Und dann war dann noch Jutta Treiber aus Oberpullendorf, eine eifrige Autorin mit mehr als 50 Büchern, die mir die Angst nahm, mich hinzusetzen und einfach zu schreiben, woran ich mich erinnern könnte bzw. auch meine Fantasie spielen zu lassen, wie es denn weitergehen hätte können. Nicht zu vergessen Heinz Janisch, DEN burgenländischen Kinderbuchtautor schlechthin, welcher als zweiter diesen Roman lesen durfte und der mit seiner Erfahrung aus mehr als 180 Büchern meinte, dass dieser Roman unbedingt veröffentlicht gehörte.

Aber der Dank gilt auch auf jeden Fall den Tausenden Polizistinnen und Polizisten die Tagtäglich ihr Leben für unsere Sicherheit einsetzen und wo dem einen oder anderen bereits ähnliche Geschichten passiert sein könnten.

DANKE

Wie geht es weiter....
„KALI MERA Himberg"
Der 2.Teil der Himberg-Krimis

Römer bekommt durch Zufall den Fall seines Lebens. Durch die Betrugsanzeige einer Frau auf dem Posten Himberg gegen einen Mineralienverein der Aktien ausgegeben haben soll, stolpert er in eine internationale Betrügerfirma, welche minderwertige Häuser an ihre Kunden verkaufte und mittels Wechselbetruges in Griechenland sogar mit dem griechischen Ministerpräsidenten verstrickt ist. Römer muss erfahren, dass sich die Geschichte zu weit ausgedehnt hat um noch vom Gendarmerieposten Himberg aus geklärt werden zu können und möchte die Akten an das Bundeskriminalamt zur weiteren Erhebung übergeben, doch die Täter sind bereits auf Römer aufmerksam geworden und wollen vor allem die 15 000 000 € an ausgestellten Wechseln wieder zurückhaben, die Römer in einem Schließfach am Wiener Westbahnhof gefunden und beschlagnahmt hat. Wird es ihm gelingen die Täter zur Strecke zu bringen und vor allem zu überleben oder aber war es sein letzter Ouzo, den er getrunken hat?

Anhang:

Über den AUTOR:

M.M wurde 1964 geboren. Er trat 1982 in den Dienst der Österreichischen Bundesgendarmerie ein und war 20 Jahre im Exekutiven Außendienst in den verschiedensten Funktionen und Dienststellen tätig.
Auf Grund eines schweren Dienstunfalles wurde er vorzeitig pensioniert und arbeitete danach unter anderen anderem als Journalist für die „Pferde Revue“ und „Die ganze Woche“ sowie mehrere Jahre für eine Rundfunkstation im Burgenland als Moderator, Redakteur und Investigativer Journalist.
Er ist verheiratet, ohne Kinder und lebt und arbeitet im Burgenland.